Fābulae Dīvālēs

Herbert Strang *scrīpsit*

Arcādius Avellānus *in Latīnam vertit*

Arthur Rackham *pictūrās addidit*

Garrett Dome *et* Zachary Sowerby *ēdidērunt*

Cuidam vītae praeteritae

INDEX CAPITULORUM

PRAEFATIO: DE VITA RATIONIBUSQUE ARCADII AVELLANI

MOGYORÓSSY Arkád nātus est annō mīllēsimō octingentēsimō quīnquāgēsimō prīmō (1851), in Hungāriā. Puerīlibus annīs multās linguās didicit, linguā Latīnā in numerō illō inclūsā, cōnsuētūdine Hungāricā illō tempore haud inūsitātā. In Americam, annō mīllēsimō octingentēsimō septuāgēsimō octāvō (1878), monachus Franciscānus ā ōrdine illō ipsō religiōsō missus, immigrāvit. Sed post aliquantō illum ōrdinem relīquit, vītam philosophicē strictam monachī repudiāns, et Latīnam docēre coepit. Postmodo, nōmen Hungāricum cum nōmine Latīnō, Arcadiō Avellānō, commūtāvit. Quīdam familiāris Avellānī scrīpsit, Goodwin B. Beach: "This should be considered his real name, for it was that to which he answered, that by which he was known to the world, few even of his friends seeming to have known what his original name was..."

Avellānus prōpugnātor Latīnitātis vīvae nōtus est. Secundum Avellānum, Latīnam et legere et interpretārī et scandere ad discendum nōn sufficit. Immō, ut vērē ēdiscātur, Latīnē cotīdiē loquī necesse est, ut decet linguae vīvae. (Nīmīrum discipulī tot Americānī vix hoc intellegere solent, quī tantum linguā suā loquī sciant.) Avellānus et cum illīs Germānīs, quī pulchram Latīnam linguam in exercitia stolida linguistica vertissent, et cum illīs Espērantistitibus, quī ab ipsō "Dēspērantistitēs" appellārentur, et cum illīs Cicerōniānīs, quī immēnsitātem sempiternae linguae frēnāre vellent, verbīs contendēbat, necnōn aspernātus est. Haec Avellānus criticīs Cicerōniānīs retulit:

> *"...sī omnis liber quī ā stylō Cicerōnis differret, reiciendus esset, praeter quattuor prīmōrēs auctōrēs Rōmānōs tōta litterātūra Latīna bīnum mīllium annōrum flammīs esset abolenda: proinde patrēs Ecclēsiae, Scholasticī, Biblia Latīna, omnia Chronica Monastica, opera Erasmī, Luthērī, Calvīnī, Philippī Melanchthōnis, Capniōnis, Hugōnis Grotiī, Bacōnum, omnium philologōrum, physicōrum, astronomōrum, ūnō verbō, omnia opera Latīna, omnēs bibliothēcae esset combūrenda."*

Itaque, encheiridion in multās partēs dīvīsum, titulō Palaestram, scrīpsit, in quibus ratiō sua Latīnitātis docendae discendaeque pānsa est. Ut puerī ad Latīnam legendam movērentur facultātemque Latīnē intellegendī sīc exercērent, Avellānus nōnnūllōs librōs puerīlēs in Latīnam vertit: *Perīcla Nauarchī Māgōnis* (1914), *Montem Spem* (1914), *Mystērium Arcae Boulé* (1916), hunc librum ipsum quem tū, cāre lēctor aut lēctrix, iam in manū tenēs (1918), *Īnsulam Thēsaurāriam* (1922), atque *Vītam Discrīminaque Robīnsōnis Crusoeī* (1928). Quum opera eius puerīs dēstināta sint, quantum adulēscentiam alant, tantum senectūtem oblectant.

Nōnnūllī tamen criticī partim nōn errābant. Multī doctissimī (etiamsī Avellānus omnēs quī eum vituperārent "stultissimōs" appellāre solēbat) cōnsecūtiōnem temporum atque vocābula Avellānī rēctē culpābant. Ut ōrāvit Patrick M. Owens, ille cultor Latīnitātis nōtus: "Most of his coinages… are not found elsewhere and sometimes contain solecistic elements." Similī modō Beach scrīpsit: "At times, however, he lapses into extremely confused constructions and disregards wholly the rules for the sequence of tenses. Occasionally he seems, particularly in translations, to carry English idioms over into Latin." Meā in parte, quantumvīs opera Avellānī placeant necnōn oblectent, Owens et Beach rēctissimē dīxērunt. Propter cōnsuētūdinēs eius et propriās et īnsolitās et āviās, discipulīs facultātem Latīnē intellegendī exercēre difficile erit, praesertim sī linguam classicam adhūc didicerint.

Quum verba sua īnsolitiōra annotātiōnibus in īmā pāginā suppositīs Avellānus explicāverit, vērē plūrimīs minōribus discipulīs ad omnia īnsolita verba explicanda nōn sufficiunt. (Hās annotātiōnēs post fābulās ad extrēmam nostram ēditiōnem mīsimus.)

Ūnum etiam aliud mihi culpandum est ex cōnsuētūdinibus Avellānī: modus eius ēnūntiātiōnis, quī in fōrmulā ratiōneque scrībendī sē praebet. In operibus eius *æ* et *œ* crēbrō inveniuntur, nōn tantum ubi *ae* vel *oe*, sed etiam ubi *ā* vel *ē* lēctor classicus invenīre parārētur. Ut scrīpsit Avellānus in *Palaestrā*: "There are two compounded vowels in Latin *æ* and *œ*, their sound is simple *e* [sīc]." Quae litterae Avellānī nostrā in ēditiōne nōn commūtantur.

Secundum autem Avellānī ēnuntiātiōnem, quantitās litterārum vōcālium plērumque nōn notanda est. Avellānus in *Palaestrā*:

> "We do not mark the quantity (shortness, longness) of syllables, because:
>> 1st, it has absolutely no bearing upon speech and upon prose.
>> 2nd, its sole domain is in poetry (prosody).
>> 3rd, it cannot be forced under cast iron rules.
>> 4th, much of it is controverted, and not agreed upon by the Romans themselves.
>> 5th, since it is unsettled, it becomes the source of useless vexation, pedantry, an unjustifiable drudge for teachers and students alike, not to speak of the unseemly appearance it gives to our school books."

Quae tamen quīnque argūmenta scīlicet omnīnō sapientiā carent, nec decent, nec cum ratiōne ūtilī conveniunt; ex quibus, per īrōniam, vōcēs "Dēspērantistitum" resonant. Nostrā in ēditiōne, vōcālēs longae notātae sunt, etiamsī quae cōnsuētūdō contrā linguam Avellānī sit.

Avellānus doctissimusque mīrandissimusque maximusque ērudītiōne octāgintā et quattuor annōs nātus dē vītā dēcessit. Lēctōrem ut fontēs subscrīptōs dē vītā illīus perspiciat hortor. Quamvīs āvius Avellānus fuerit, ille antecursor nōbīs viam fēcit. Avellānum mortuum respiciēns, Goodwin B. Beach hanc sententiam scrīpsit: "Ipsō igitur in pāce requiēscente, ex ossibus eius, īnstar phoenīcis, exoriantur prōpugnātōrēs aequē fidēlēs, aequē intrepidī." Quae verba, ut opīnor, hāc aetāte nōbīs iam referunt.

— *Sowerbejus et Birrōnius*
2022

CINISCULA

FUIT quondam vir, quī connūbium semel iterumque est expertus. Uxor posterior erat superba molesta et inhūmāna. Habēbat autem ipsa duās fīliās aequē difficilēs, quae pariter cum ipsā taetricae erant.

Vir autem, vicissim, ex priōrī uxōre habēbat fīliam, quae mōribus mītis, proba atque amābilis erat. Noverca hanc propter eius mōrēs probātōs, unde culpae propriārum fīliārum tantō magis dignōscī poterant, odiō prōsecūta est. Nec fuit ipsa diū nūpta, antequam suam ergā hanc puellam prōdidit āversiōnem.

Ex labōribus domesticīs huic solēbat dūrissimōs dēmandāre; huius erat vāsa cibāria lavāre, cōnstrātum lixīviō dēfricāre, cubiculaque sorōrum pūrgāre. Ipsa puella in subteglīnō pernoctāre cōnsuēvit in pulvīnārī strāmineō cubāns; sed sorōrēs conclāvibus superbiēbant ēlegantissimīs, in lectīs molliter strātīs, speculīsque īnstrūctīs, in quibus sē ā vertice capitis ad tālōs usque spectāre poterant.

At vērō misella prīvigna cūncta haec humilī aequōque ferēbat animō, mūnia sibi attribūta prō vīribus persolvere cōnsuēvit, nec patrī unquam conquerī. Mōris eī erat persolūtīs suīs mūneribus in angulō camīnī, in mediō cinerum ac tītiōnum cōnsīdere, quamobrem sorōrēs suae eam nōmine Cinisculae, per contumēliam, vocitāre solēbant.

Vērumtamen Ciniscula, in mediō cinerum, sordidīs indūta veterāmentīs, duābus sorōribus suīs, licet sumptuōsō apparātū vestium ōrnātīs, oppidō erat pulchrior.

Tempus intereā lābēbātur. Quōdam dēnique diē ēvēnit ut fīlius rēgis ballistia īnstitueret, ad quae omnēs rēgnī optimātēs, procerēs atque ūniversam nōbilitātem invītāvit. Sorōrēs quoque Cinisculae invītātiōnem sortītae sunt, unde ineffābile gaudium percēpērunt.

Quāpropter summa in animīs eārum quaestiō exoriēbātur, diūque dēlīberanda, quō dēnique modō comae suae concinnārentur, quibusque munditiīs sē adōrnārent. Haec omnia utique praenūntia erant augendōrum Cinisculae labōrum. Eius enim erat illārum indusia, albaque cūncta lavāre, amylō tingere, ac ferrō lēvigāre, atque īnsuper, puella ita erat generōsa ac līberālis, ut et comās eārum sē concinnātūram ultrō offerret, quod artem cosmētārum longē melius quam illae callēbat.

Sorōrēs suae novercālēs per bīduum inediā sē mācerārunt, lumbōs arctē coangustārunt, ut eō graciliōrēs esse vidērentur; atque, tandem, quum ille diēs illūxit, Ciniscula in induendō atque adōrnandō eās, omnibus suīs munditiīs, crīnibusque concinnandīs ipsa omnis fuit. Post haec omnia Ciniscula domī relicta, pīlentum eārum ē longinquō prōspectāvit, ac tunc dēnique cōnsēdit, flēreque coepit. At, interim quem exīstimās intrō vēnisse, quam mātrīnam — mātrīna autem Cinisculae dīa erat!

"Eia, Ciniscula," affātur eam mātrīna, "quidnam reī est?"

"Optārem," refert Ciniscula, "ō, ita vellem — !" Sīc affecta erat ut amārē flēret, nec sententiam fīnīre valēret.

"Ā, in ballistiīs Prīncipis participāre volēbās!" mātrīna explēbat.

"Sīc profectō!" suspīrāns respondit Ciniscula.

"Rēctē quidem, et sī tē probam praestiteris, etiam participābis," pollicētur mātrīna. "Curre modo in hortum, affertōque mihi peponem."

Excurrit itaque ipsa in hortum, optimumque quam reperīre poterat peponem comparāvit — tametsī haud clārum ipsī erat, quemadmodum pepō ad ballistia vīsenda sibi ūsuī esse posset — eumque mātrīnae suae ante pedēs posuit. Dīa eum prōscidit, intestīna ēvulsit, corticem autem suā virgā contrectāvit. Pepō eōdem temporis mōmentō in auream rhēdam conversus est.

Dehinc dīa mātrīna īnspectābat mūscipulam, reperitque in eā sex vīvōs mūrēs. Tum Cinisculam paululum aperīre mūscipulam iussit, et ut mūsculī illinc singillātim ēvādēbant, virgā suā singulōs contrectāvit, quō factō, singulī in generōsōs equōs mūtātī sunt, sīcque factum est ut sex splendidī cānastrī equī maculātī ad vehendam peponeam rhēdam praestō adstārent.

"Nunc autem," prōsequitur dīa mātrīna, "egēmus aliquō aurīgā."

"Ībō vīsum," ait Cinriscula, "utrum in alterā mūscipulā glīs captus nōn sit. Sī est, mūtābis eum in aurīgam."

"Placet," respondit dīa mātrīna, "curredum et vidē." Ciniscula cum mūscipulā redit, tribus magnīs glīribus in eā. Glīrium ūnus erat bene barbātus; mātrīna eum virgā attrectāvit, quī prōtinus in rōbustum versus est aurīgam, largīs utrimque mystācibus, quibus similēs vix usquam vīderīs.

Dīa porrō sīc prōsequēbātur: "Prōdī iterum in hortum, affertōque mihi illās sex lacertās, quās pōne nāsiternam reperiēs."

Ciniscula fēcit quod iussa est, attulit eās, quās mātrīna in sex pedisequōs mūtāvit; singulī synthesī flāvō-viridī erant indūtī, quī omnēs in postīcum rhēdae podium subsiliērunt.

"Istō dēnique modō ad ballistia vehēris," docēbat eam mātrīna. "Nōnne tūtē mihi admodum obstrictam sentīs?"

"Ita profectō; hīs tamen veterāmentīs mē eō cōnferre nequeō," refert Ciniscula.

At dīa nihil nisi contrectāre dēbēbat trīta eius indūmenta, quum, ecce, ea in stolam aurō argentōque textam versa sunt, gemmīs pretiōsīs fulgentem. Dehinc ipsa nitidissimās soleās vitreās, quibus pulchriōrēs nunquam vīsae sunt, Cinisculae trādidit, eamque sīc adōrnātam rhēdam cōnscendere iussit.

"Vērumtamen," monēbat mātrīna, "dabis operam ut aulam ballistiōrum ante mediam noctem relinquās; eī enim hōrā futūrum est ut rhēda tua in peponem, equī in mūrēs, pedisequus in lacertam, aurīga in glīrem, tuus autem ōrnātus iterum in priōra veterāmenta convertantur."

Ciniscula mātrīnae suae grāta spopondit sē ante mediam noctem rīte reversūram, ac dein gaudiō et fēlīcitāte tumēns palātium versus discessit tolūtim vecta.

Quum Rēgiō Fīliō nūntiātum esset quandam Rēgiam Fīliam advēnisse, quam nēmō cognōvisset, is ipse eam intrantem excēpit. Hic eam inde ā rhēdā in aulam indūxit ballistiōrum; quō quum ea pervēnit, summō silentiō cūnctī praesentēs perculsī sunt, quod nēmō eōrum in omnī suā vītā puellam tantae pulchritūdinis vīderat. Quī tunc saltābant, continuō cessārunt; quī fidibus canēbant, extemplō conticuērunt, oculīs eōrum in modo intrantem haerentibus, ac lēnī murmure obortō cūnctī susurrārunt:

"Ehem, quam ipsa amābilis est!"

Rēx adeō ipse, aetāte prōvectior, oculōs ab eā āvertere nequībat. Ex diūtissimō tempore — susurrābat Rēgīnae — sē tam fōrmōsam venustamque virginem nōn vīdisse.

Cūnctae mātrōnae mīrantēs aspectābant eius stolam, calthulam, tunicam, tōtumque muliebre ōrnāmentum, ab invicem scīscitantēs, utrum sūtrīcēs reperīrī possent, quae indūmenta hīs similia cōnficere valērent. Rēgius Fīlius eam ad ēditissimum locum addūxit, petīvitque ab eā ut prīmās sēcum chorēās agere vellet, quae quidem tantā ēlegantiā ballābat, ut novam omnium admīrātiōnem ad sē raperet.

Ad coenam Rēgius Fīlius ita mersus erat Cinisculam contemplandō, ut plānē nihil dēlitiārum, quae dapinābantur, attrectāret. Quod ad Cinisculam attinet, ipsa sōlerter dabat operam ut prope sorōrēs suās accumberet, et hīs complūra exquīsītōrum frūctuum genera, ā Rēgiō Fīliō sibi oblāta vicissim praebēret; atque īnsuper tam benignam et hūmānam sē ergā eās praestitit, quae quidem admodum mīrābantur, quoniam nē suspicārī quidem valēbant quae ea esset.

Dēnique ut ibi discumbēbant, Ciniscula animadvertit hōrologium ūndecimam cum dōdrante sonāre. Itaque prōtinus surrēxit, prōclīnāns sē convīvīs commendāvit, atque sē ex mediō sustulit. Redux mātrīnam domī offendit praestōlantem. Postquam eī grātiās ēgit, certiōrem eam fēcit sē etiam aliās eōdem īre in vōtīs habēre, quod Rēgius Fīlius sē in proximam quoque vesperam ad chorēās invītāvit. Dum intereā mātrīnae suae cūncta quae, et quemadmodum illīc gesta erant, ex ōrdine nārrat, ecce duae sorōrēs pulsant ōstium, quod Ciniscula iīs aperuit.

"Vōs quidem nimium mōrātae estis," affātur eās Ciniscula ōscitāns, oculōsque fricāns, acsī modo expergēfacta esset.

"Ā, sī modo tū ballistiīs interfuissēs," respondit ūna sorōrum, "certō sciō tūtē nōn tam somnolentam praebuissēs. Omnium enim puellārum rēgiārum, quae uspiam reperīrī possent, pulcherrima ibi intererat; ipsa sēsē ergā nōs maximē affābilem officiōsamque praebuit, nōsque nōnnūllōrum frūctuum maximē dēlicātōrum participēs reddidit."

"Itane, rēvērā?" quaerit Ciniscula. "Et quodnam eī erat nōmen?"

"Atquī hoc ipsum est, quod nēmō nostrum nōvit," referunt sorōrēs, "quamvīs Rēgius Fīlius nesciō quō praemiō sēcrētum redēmisset."

"Quam vellem illam venustam virginem vidēre!" fātur dēnique. "Numne vellēs mihi ūnum indūmentōrum tuōrum commodāre, mea soror, ut et ego ballistiīs interesse eamque cernere possim?"

"Quid? commodāre tibi, vescula cinerāria, indūmentum *meum!*" regerit soror. "Nōn equidem Aedepol!"

Utique id prōrsus erat respōnsum quod Ciniscula ā sorōre exspectābat; quīn etiam ineptum fuisset sī illa sibi suum indūmentum commodāsset, nam posteā quam sorōrēs proximō vespere ad ballistia profectae sunt, Ciniscula quoque, etiam multō ōrnātior quam anteā, eās mox secūta est.

Rēgius Fīlius eam magnā cum voluptāte excēpit, nec ab eā per tōtum tempus sēparārī sīvit, multīs verbīs lepidīs blanditiīsque eam prōsequēbātur, Ciniscula autem societāte Rēgiī Fīliī adeō dēlectābātur, ut monitī mātrīnae suae, nē ultrā mediam noctem superstitāret, plānē memor nōn esset. Hōrologium itaque iam hōram duodecimam pulsāre coepit, antequam Ciniscula ūndecimam esse cognōvisset. Itaque cōnfestim in pedēs cōnsiliit, et ex aulā celerrimē quam poterat effūgit, dāmae currentī haud dissimilis. Rēgius Fīlius īnsequitur, at perperam, eam cōnsequī nōn poterat. At Ciniscula inter currendum alteram soleārum vitreārum abiēcit, quam inventam Rēgius Fīlius sustulit.

Dēnique Ciniscula domum anhēla pervēnit, absque rhēdā aut pedisequō, suīsque veterāmentīs indūta. Omnis suus ōrnātus ēvānuit, ac praeter pusillam soleam vitream prōrsus nihil ex omnī suā magnificentiā erat reliquī.

Intereā in palātiō ā vigilibus dīligenter disquīsītum est, utrum quis Rēgiam Fīliam praeterīre vīdisset, hī tamen respondērunt nūllam aliam mulierem sē animadvertisse quam pannōsam quandam puellam rūsticam.

Quum sorōrēs domum revertērunt, Ciniscula sciscitābātur ab iis utrum tantundem dēlectāmentī quantum anteā ibīdem percēpissent, atque utrum mīra illa Rēgia Fīlia iterum interfuisset. Hae retulērunt eam quoque interfuisse, nārrāruntque quemadmodum mediā nocte, ūnā suārum soleārum vitreārum dēiectā, profūgisset. Praetereā etiam docuērunt Cinisculam Rēgium Fīlium soleam illam vitream sustulisse, ac multum et diū eam dēmīrātum esse. Dēnique subiūnxērunt, Rēgium Fīlium pulchram illam et ignōtam puellam, quae soleam āmīserat, sine dubitātiōne dēperīre.

Nec in eā rē errāvērunt. Etenim mox post ā praecōnibus quāquāversum tubārum clangōre prōclamātum est Rēgiō Fīliō in vōtīs esse eam puellam, cuius in pedēs pusilla solea vitrea quadrāret, connūbiō sibi iungere.

Hōc audītō, quaeque puella coepit soleam vitream tentāre — prius quidem fīliae prīncipum, ducum, tum aliae puellae aulicae. At cūncta haec incassum, quoniam solea vitrea pedī nūllīus conveniēbat.

Successū temporis Rēgis praecōnēs ad eam quoque domum dēvēnērunt ubi Ciniscula habitābat. Quāque sorōrum eius prō vīribus tentābat pedem soleae īnserere, eam tamen indūcere nūllō pactō valuērunt.

Ciniscula testis eius cōnātus, agnōvit suam soleam, ac tandem sīc fāta est: "Sinite, quaesō, ut et ego tentem, sīquō cāsū meō pedī conveniat." Sorōrēs adstantēs dērīsērunt ac lūdificāvērunt eam. At nūntius, quī soleam tenēbat, animadverteratque quam Ciniscula pulchra esset, docuit eās sibi dēmandātum esse, ut cūnctīs puellīs rēgnī soleam tentandī aequam facultātem largīrētur, proin puellam cōnsīdere iussit. Ciniscula pedem soleae vitreae prōrsus sine omnī labōre ingessit, eaque pedem ad amussim quadrāvit. "Va — va —" exclāmant sorōrēs attonitae.

Quum vērō Ciniscula alteram soleam ē sacculō suō exprōmpsit, stupōris ac mīrandī nūllus erat fīnis. Atque dum usque stupefactae stābant, dīa mātrīna intervēnit. Ipsa suā virgā nunc indūmenta Cinisculae attrectāvit, et istō ūnō tāctū effēcit, ut indūmenta puellae etiam in magnificentiōra verterentur quam quae anteā gesserat.

Nunc dēmum sorōrēs agnōvērunt eam velutī ignōtam illam virginem in ballistiīs, quō factō sēsē ad pedēs eius prōstrāvērunt veniam eius efflāgitantēs ob cūncta quibus in eam per invidiam peccāverant.

Ciniscula brāchiīs prōpānsīs eās sublevāvit et deōsculāta est, cūnctaque ergā sē minus generōsē dicta et facta eīs condōnāvit.

Dēnique Cinisculam ad Rēgium Fīlium in palātium, indūmentīs dīvīs indūtam et adōrnātam dēvēxērunt, cui eadem etiam pulchrior quam anteā vidēbātur. Paucōs diēs post nūptiās celebrāvērunt, quibus perāctīs, Ciniscula, quae tam proba erat quam venusta, duās suās sorōrēs in palātium, ad sēcum habitandum, invītāvit, ac tandem singulās singulīs proceribus aulae in mātrimōniō collocāvit.

Fīnis

14

LUCERNA ALADDINI

VĪXIT quondam in Sēribus paupercula vidua quae ad sē, fīliumque suum ōtiōsum et īnficētum sustendandum, gossypium nēre cōgēbātur. Nōmen fīliī erat Aladdīnus. Quōdam diē, quum hic in viā lūsitābat, peregrīnus aliquis ad eum accessit.

"Puerule mī," affātur eum peregrīnus, "nōnne pater tuus fuit Mustāpha, sartor ille?"

"Ita, fuit," respondit Aladdīnus, "sed ille iam dūdum mortuus est."

Hōc audītō peregrīnus Aladdīnum amplexātus est.

"Ēheu!" inquit ille, "sērō itaque vēnī. Etenim ego frāter sum patris tuī, et ad vīsendum eum ē longinquō vēnī. Morte eum abreptum esse aegrē ferō. Adī, obsecrō, mī fīlī, mātrem tuam; affer illī hanc crumēnam pecūniae; indicā, sīs, mihi ubi ipsa habitet, velīsque eī nūntiāre mē vīsum eam adventūrum."

Aladdīnus cūncta haec perfēcit. Māter sua magnopere mīrābātur puerī relāta quum audīvisset, quod nesciēbat ūllum frātrem marītī suī in vīvīs esse; attamen quum pecūniam ab eō missam cōnspexisset, iam nihil dubitāvit eum Aladdīnī patruum esse, itaque postrīdiē coenam opiparam eī parāvit.

At vērō, ut mox repertum est, peregrīnō illī cum Aladdīnō nūlla omnīnō fuit agnātiō, sed nēquam erat magus Āfricānus, quī ope egēbat alicuius ad comparandōs thēsaurōs, quibus ipse potīrī nequībat. Igitur magus vēnit ad coenam, deōsculātus est viduam, vocāvit eam frātriam, multaque mūnuscula eī dōnāvit. Quaesīvit dein, quodnam opificium puer exercēret, quum vērō puer pendente capite fassus esset sē prōrsus nūllam artem exercēre, magus spopondit sē factūrum ut puer in propriā tabernā īnstrūctā stabilīrētur. Hōc prōpositō puerum novīs indūmentīs dōnāvit, eumque in urbem sēcum comitem, ad aliōs mercātōrēs conveniendōs, dēdūxit. Praetereā eum etiam in suburbia addūxit, ut ibīdem pulcherrimōs hortōs cerneret, ac pedetentim eum procul ab urbe abdūxit.

Dēnique in vallem, mediocrēs inter montēs sylvestrēs patentem pervēnērunt, ubi magus ephēbum sīc allocūtus est:

"Modo nōn longius prōcēdēmus, sed hīc tibi aliquid mīrī ostendam. Interim age, quaere et collige aliquantum sarmentī, et ignem suscitēmus."

Quum ignis accēnsus erat, magus aliquid suffīmentī superiniēcit. Āter inde fūmus exoriēbātur; tum aliquot verba ignōta mussitat; terra tremere incipit, ad pedēs suōs magnō hiātū panditur, lapidemque plānum, cum annulō aereō in mediō revēlat.

Aladdīnum pavor ita perculit, ut aufugere tentāret; sed magus apprehēnsum eum verberāvit.

"Hīc manēbis," inclāmat eum magus. "Sub eō lapide ingēns thēsaurus cēlātur, dīmidium cuius, sī mihi obtemperāveris, tuum erit. Prehende itaque annulum, lapidemque sublevā!"

Aladdīnus dictō obsecūtus tremēns, ac, sublātō lapide, ecce exigua iānua sub oculōs cecidit, tribus aut quattuor gradibus ad eam deorsum dūcentibus.

"Dēscende eō," mandat magus, "ibique reperiēs trēs aulās spatiōsās, plēnās ōllārum, aurō argentōque referctārum. Nihil hōrum attrectāveris, aliōquīn extemplō moriēris, sed trānsī ad hortum, pōne aulam tertiam, ascendēsque quīnque gradūs ad fastīgium dūcentēs. Illīc, in cavātūrā, inveniēs lucernam ārdentem. Restingue sīs eam, mihique affer. Licēbit tibi in hortō frūctūs legere, sī velīs, sed nihil aliud sustuleris."

Hīs dictīs Aladdīnō annulum praebuit, quem fascinum contrā omnia mala esse dīxit.

Aladdīnus igitur per gradūs dēcurrit in cavum, facitque singula quae magus iussit. Lucernam tollit.

Quandōquidem vērō cūnctae arborēs in hortō omnis generis frūctuum pellūcidōrum ac multōrum colōrum gravātae erant, Aladdīnus sinum suī indūmentī iīs complet. Tunc quidem id nesciēbat, cūnctī tamen hī frūctūs lapidēs erant pretiōsī.

Ad ingressum cavī intereā magus morae impatiēns eum praestōlābātur.

"Patrue mī," invocat eum Aladdīnus, "iuvā mē ascendere."

"Porrige sīs mihi prius lucernam," iubet magus.

"Id facere nequeō," respondet Aladdīnus, "gravātus enim hīs frūctibus sum. Prīmum iuvā mē ascendere, tum lucernam tibi dēdam."

"Haud ita," refert magus, "prius lucernam." Sed Aladdīnus lucernam usque eō ē manū mittere recūsāvit, dōnec ipse ē cavō excessisset. Magus ob id in ingentem furōrem est raptus. Itaque plūs suffīmentī in ignem iēcit; terra super cavum clauditur, Aladdīnō usque in cavō — ad pereundum captō.

Puer bīduum ibi clausus, sine cibō ac pōtū tempus exēgit, morte eī imminente, unde magnopere sollicitus plexīs manibus ōrāre coepit. Quum hoc facit, cāsū annulum, quem magus digitō eius indiderat, alterā manū affricuit. Subitō, cum ingentī stupōre Aladdīnī, mīrae magnitūdinis genius, turpissimō vultū, ex terrā exsurgit.

"Fāre, quid tibi vīs?" imperat genius, "praestō adsum ad obsequendum ut servus tuus, atque servus cuiuscunque, quī annulum hunc in digitō gerat; ego caeterīque servī annulī."

Aladdīnus iam in tantīs angustiīs versātus, ab immānī geniō plānē nihil sibi timendum putāvit, idcircō sīc eum appellat:

"Quisquis tū dēnique sīs, velīs mē, sī modo possīs, ex hōc locō līberāre."

Haud prius verba prōtulit, quam iam sē etiam extrā montem esse sēnsit, ipsō in eō locō, in quem magus eum prīmō dēdūxerat. Hinc celerrimē quam poterat, domum sē contulit, ac tum, inediā exhaustus, ante ōstium suae mātris exinānītus obdormīvit.

Vidua gaudiō repertī fīliolī suī magnopere erat affecta, atque simul ac fīliolus ad sē redīvit, eum, modo quō poterat, cibāvit, quī mātrī postmodum omnia mīra quae expertus erat ad singula nārrāvit. Lucernam gemmāsque cūnctās sēcum attulit, sed māter Aladdīnī, ut et ipse, lapidēs pretiōsōs in numerō tantum vitrī colōrātī habuērunt, nec lucerna vidēbātur ipsīs magnī pretiī.

Postrīdiē nūllum in domō erat alimentum, proinde māter Aladdīnī statuit ad vēndendam tēlam, quam ē gossypiō tēxerat, prōdīre, sed Aladdīnus, "Continē modo, māter," inquit, "tuam tēlam in posterum diem: potius ego prōdībō ut lucernam, quam heri mēcum tuleram, vēndam."

Māter Aladdīnī lucernam prōtulit, et quoniam ea sordida erat, tersītāre eam coepit, ut tantō cārius eadem vēndī posset. Ut vērō eam arēnā fricāns mundābat, horrendus quīdam genius subitō compāruit.

"Fāre, quid tibi vīs?" quaerit genius. "Praestō adsum ad obsequendum ut servus tuus, atque servus cuiuscunque, quī eam lucernam in manū habeat; ego, caeterī servī lucernae."

Māter Aladdīnī adeō perterrita est, ut intermorerētur, sed Aladdīnus lucernam arripuit, atque clāmāvit: "Ēsuriō; fertō mihi cibum."

Genius ex oculīs cōnfestim ēvānuit, sed ferē nūllā morā redīvit cum magnā lance argenteā, duodēnīsque argenteīs patinīs, omnī genere dēlicātōrum cibōrum plēnīs, item pastīs pānum, lagēnīs vīnī, scyphīsque argenteīs. Cūncta haec in mēnsam collocāvit, quō factō ē cōnspectū ēvānuit.

Aladdīnus māterque, quam prīmum haec ad sē redīverat, dapibus hīs famem suam affatim explēvērunt, et satis etiam fuit reliquī in diem posterum. Deinde Aladdīnus vāsa cibāria argentea vēndidit, prōventū autem iterum cibum praestināvit.

Hunc in modum plūrēs annōs victitārunt, ēvocandō genium quum egestāte premēbantur, dapibus per eum allātīs epulātī, vāsīsque in quibus eae allātae erant, postmodum identidem vēnditis. Dein, quōdam diē, quum cāsū Aladdīnus in urbem īvisset, contigit ut fīliam Sultānī rēgiam, Badrulbudūram, quōdam pūnctō temporis, quum ipsa vēlum ē vultū sublevāsset, cōnspicātus esset, eamque extemplō adamāvisset.

Domum redux sē subitō tam quiētum ac meditābundum praebuit, ut māter ab eō, quid reī esset, scīscitārētur. Aladdīnus respondit eī:

"Māter mea, venustissimam fīliam rēgiam Badralbudūram Sultānī adeō dēperiī, ut sine eā nē vīvere quidem possem; adībis itaque Sultānum, illamque mihi in uxōrem expetēs."

Māter Aladdīnī rīsit. "Num oblītus es," dēnique māter eum admonet, "patrem tuum nihil nisi sartōrem pauperrimum fuisse? An nescīs Sultānum pretiōsissima dōna exspectātūrum? Quidnam tū, mī fīlī, quod dōnāre possīs habēs? Fīliam Sultānī tibi in uxōrem ego nūllō modō expetere possum."

Attamen Aladdīnus persevērat. Monet mātrem frūctūs cūriōsōs, quōs ōlim sēcum tulerat, haud aliud quam gemmās, et maximī quidem pretiī, esse, quoniam ex eō tempore satis cum gemmāriīs in urbe versātum ab iīs pretium gemmārum sē ēdoctum esse; proinde īnstābat, ut māter eās Sultānō offerret, et fīliam eius sibi in uxōrem dēposceret.

Tandem, ut animum eius conciliāret, vidua prōdīvit. Gemmās in vās myrrhīnum imposuit, mappulā eās obtēxit, et sīc īnstrūcta adversus rēgiam

Sultānī profecta est. Ibīdem in praestolātōriō, cum aliīs multīs, diū exspectāvit; nēmō tamen eam allocūtus est, proin domum reversa est, sed aliās iterum redīvit. Dē diē in diem idem semper fīēbat, tamen, dēnique, Sultānus percontābātur quae illa anus esset, quae cum suō manipulō identidem eōdem locō stāre solēret, quidque sibi vellet. Aulicī itaque eam cōram prōdūxērunt, quae dein sē ante Sultānum in genua prōiēcit, gemmās in dōnum obtulit, verbīsque tremulīs flāgitāvit, utrum fīliō Aladdīnō fīliam rēgiam in uxōrem impetrāre licēret.

Sultānus aspexit lapidēs, quippe quī gemmās tantī pretiī vīderat nunquam.

"Quam praeclārē! Quam pulchrē!" mīrābundus exclāmat Sultānus, unde ad summum ducem suum conversus, scīscitābātur utrum is nōn aequum exīstimāret, ut manus Rēgiae Fīliae eī trāderētur, quī eam tantō pretiō aestimāret. Quaestiō summum ducem admodum cōnfūdit, quoniam Rēgiam Fīliam suō ipsīus fīliō dēspōnsārī concupīverat.

"Mī Domine," respondit ille, "dōna ista, profectō dignissima sunt, vērumtamen largīre trēs mēnsēs antequam rem dirimās."

"Placet," ait Sultānus, sed quum lapidēs pretiōsōs retinēre vellet sibi, mātrī Aladdīnī sīc respondit: "Nūntiā fīliō tuō, prōpositum suum mihi acceptābile esse, vērumtamen fīliam meam locāre ante trimēstrem mē nequīre. Post id temporis spatium ad mē revertēre."

Igitur māter Aladdīnī laeta domum regressa est, fīlius autem acceptō nūntiō summō gaudiō afficiēbātur.

Factum est post duōs mēnsēs, ut vidua mercātum prōdīvisset. Viās magnā hominum catervā quāquāversum scatēre reperit, omnemque frequentiam certā aliquā rē dēlectārī. Causam percontāta reperit Rēgiam Fīliam Badrulbudūram mox fīliō summī ducis nūptūram esse. Domum reversa, nova nūntiat Aladdīnō, hic tamen locō omnem spem relinquendī, ut ipsa putābat, respondit: "Id nunquam fīet!" quibus dictīs ad prōferendam lucernam discessit.

Geniō prōdeunte, nārrāvit eī quid ēvēnisset, Rēgiamque Fīliam, atque fīlium summī ducis ad sē addūcī iussit. Genius iussa facit, arteque magicā utrumque in domum Aladdīnī dēfert. Uterque ingentī timōre afficiēbātur, atque quamvīs Aladdīnus Rēgiam Fīliam hīs verbīs sōlātus esset, "Nōlī timēre, colendissima Fīlia Rēgis, omnīnō enim in tūtō es!" Ipsa eum vix audīvit quidem.

Quod vērō ad fīlium summī ducis attinet, Aladdīnus dēmandāvit geniō ut eum usque in diem posterum ē mediō tolleret, posteā vērō et Rēgiam Fīliam, et ducis fīlium in palātium restitueret.

Itaque post haec perīcla īnsolita fīlius summī ducis minus cupiēbat Rēgiam Fīliam Badrulbudūram dūcere, et haec eī nūbere, proinde spōnsālia dirēmpta sunt, omnēsque lautitiae fīnem accēpērunt.

Aladdīnus tum ad fīnem usque tertiī mēnsis tempus sibi sūmpsit, ac tum dēmum mātrem in rēgiam Sultānī, ad prōmissum in memoriam rēgis revocandum mīsit. Sultānus aspectābat viduam, perquam miserē indūtam; haud enim vidēbātur Sultānō crēdibile ut fīlius istīusmodī mulieris dignus fierī posset socius suae fīliae, sed nec prōmissum violāre sē dignum cēnsēbat. Dēnique lēgēs commentus est, quibus ab Aladdīnō satisfierī nōn posse exīstimābat.

"Nūntiā ergō fīliō," fātur dēnique Sultānus, "sī ipse fīliam meam in uxōrem dūcere velit, quadrāgintā scutellās aureās eiusdem generis gemmīs plēnās, quās anteā mihi tulerās, submittat; oportēbit quamque scutellam ā nigrō servō portārī, ūnumquemque hōrum vicissim ā iuvene venustō, albō servō dūcī; hōs autem omnēs magnificō ōrnātū indūtōs esse oportēbit. Tunc dēmum, nec prius, fīliam meam eī in uxōrem dabō."

Vidua domum reversa, haec Aladdīnō nārrāvit, monuitque eum ut omne cōnsilium dūcendae Rēgiae Fīliae dēpōneret.

"Nōn sīc," respondit Aladdīnus; "quīn et plūs parātus essem facere quam haec, ad conciliandum Rēgiae Fīliae animum," quibus dictīs suam lucernam prōtulit.

Quum itaque genius compāruisset, docuit eum quid in vōtīs habēret, hic sē prōclīnāvit, Aladdīnumque certiōrem fēcit, omnia ita futūra ut iussisset. Haud multō post idem ad sē revertit cum quadrāgintā servīs nigrīs, singulī cum largīs scutellīs aureīs, quārum quaeque ad ōram usque plēna erat margarītīs, adamantibus, carbunculīs, smaragdīsque, cum venustīs quadrāgintā servīs albīs, quōrum quisque magnificō ōrnātū indūtus erat. Hī omnēs domum hortumque Aladdīnī suā turbā complēvērunt, et quum māter domum redīvisset, stupēns tantam hominum frequentiam domum suam stīpāre mīrāta est.

"Mea māter," sīc fātur Aladdīnus, "vidē, amābō, ut dōna mea ad Sultānum dēferās, antequam Cōnsilium Rēgium dīmittātur," et cōnfestim servōs in ōrdine prōdīre iussit — ut quemque album ūnus niger, scutellam gemmārum ferēns sequerētur, quōrum ultimum māter pedibus sequēbātur.

Incolae pāgī in viam tāle agmen vīsum catervātim prōdīvērunt, atque adeō ipse Sultānus tantō spectāculō, item celeritāte Aladdīnī in suīs dēsīderiīs explendīs ita fuit affectus, ut viduae dīceret:

"Ī, mea mulier bona, nūntiāque fīliō tuō, mē, ad sē pānsīs brāchiīs excipiendum, omnīnō esse parātum."

Māter cum grātō nūntiō domum properāvit. Nūntiō audītō, Aladdīnus extemplō ēvocāvit genium lucernae, docuitque eum sē admodum cupere lavārī, et ad sistendum sē in aulā praeparārī. Genius cōnfestim rapuit eum in lavācrum marmoreum atque arōmaticae plēnum, ac, post balneum, locō suī indūmentī synthesin reperit sibi parātam vestium atque ōrnātūs, quibus similia ipse vīdit nunquam. Ac, praeter cūncta haec, genius equum quoque eī attulit nōbilissimum, item vīgintī servōs, totidem servās, quae mātris indigentiīs īnservīrent, dēnique etiam vīgintī marsūpia aureōrum. Sīc īnstrūctus Aladdīnus ad cōnferendum sē in rēgiam iter ingreditur. Inter eundum servī suī pugnōs aureōrum in mediam multitūdinem iactārunt, sē circumfluentem. Sultānus libēns eum excēpit, et in honōrem eius magnās epulās apparārī iussit; vērumtamen quum dē pactō connūbiī agēbātur litterīs mandandō, Aladdīnus sīc fātus est:

"Mī clēmentissimē Rēx, connūbium usque eō dēferendum arbitror, dum in ūsum Rēgiae Fīliae aedēs fierī cūrem. Velīs mihi fundum largīrī haud procul ā tuā rēgiā."

"Sūme, mī fīlī, fundum prō tuō arbitriō, ubicunque velīs," respondit Sultānus.

Vix domum pervēnit Aladdīnus, genium lucernae statim arcessīvit.

"Mī genie," inquit Aladdīnus, "fac aedificēs palātium ē māteriē rārissimā ac pretiōsissimā, Rēgiā Fīliā dignum. Dēlīneātiōnem arbitriō tuō relinquam; sed in contignātiōne palātiī suprēmā aulam exstruere velīs cum tholō atque quattuor frontibus aequālibus;

locō laterum, parietēs ē clāvīs suntō alternātim aureīs et argenteīs, suntō autem ibi sex fenestrae, in quibus clāthra adamantibus atque smaragdīs decora suntō."

Antequam Aladdīnus mandāta dē singulāribus aedificandī palātiī impertīvit, iam advesperāscere coepit. Postrīdiē, prīmā lūce genius ad Aladdīnum rediit.

"Mī Domine, palātium fīnītum est," inquit. "Venī, īnspice, vidēque utrum tibi placeat."

Aladdīnus prōtinus surrēxit, secūtusque eum est. Nec ipse, nec quisquam mortālium tāle palātium unquam cōnspexit. Genius Aladdīnum per cūncta conclāvia perdūxit, in quibus servī quisque prō suā dignitāte mūnereque indūtus, parātī adstābant. Exhibuit item eī aerārium in quō magna cōpia aurī argentīque apparāta erat. In stabulīs generōsī equī praestō stābant; in camerīs autem penuāriīs omnis generis alimentī abundantia omnium ūsuī coacervāta erat.

"Genie mī," ait illī Aladdīnus, "cūncta haec mīra sunt, ad perfectiōnem; ūnum tantum deest, strāgulum holosēricum, per quod Rēgia Fīlia ē palātiō patris in suum perambulāre possit."

Pūnctō temporis strāgulum suō locō strātum compāruit, quō factō, genius Aladdīnum domum suam rapuit, priusquam ōstia rēgiae Sultānī adaperta essent.

Postquam Sultānus surrēxit, relātumque eī est palātium novum — tāle palātium — parātum esse, stupēbat. Vespere itaque eiusdem diēī Aladdīnus atque Rēgia Fīlia mātrimōniō iūnctī sunt.

Aladdīnus, suaque uxor, in palātiō splendidissimō per plūrēs annōs fēlīcem dūxērunt vītam. Intereā in Āfricā magus nēquam, quī invītus fuerat auctor bonae fortūnae Aladdīnī, artem suam usque exercēbat. Utique ipse exīstimābat Aladdīnum in cavō interīvisse; aliquō tamen diē sibi in mentem vēnit cōnsilium fāta Aladdīnī prō

certō explōrandī. Hōc itaque prōpositō cistellam quam habēbat, adhibitā arēnā, in hōroscopium effēcit. Magnō stupōre inde reperit Aladdīnum ex cavō effūgisse, et nunc vītam magnificam, omnī honōre ac dignitāte affluentem dūcere, eumque Rēgiam Fīliam dūxisse.

"Illum igitur fīlium sartōris necesse est sēcrētum lucernae invēnisse," ait sēcum magus. Itaque sine morā equō ephippium impōnit, profectusque est caput Sērum versus.

Eō quum vēnerat, sciscitātus cūncta quae dē Aladdīnō scīre cuperet, reperit, velutī dē palātiō, dē Rēgiā Fīliā Badrulbudūrā; praetereā etiam audīvit Aladdīnum octo diērum spatiō vēnātum domō discessisse.

Proximum itaque factō necessārium erat indāgāre ubi lucerna esset. Id vērō magus ope cistellae suae arēnāceae explōrāvit lucernam in palātiō esse. Quamobrem prōdīvit praestināvitque duodēnās nitidās lucernās cupreās, quās in corbe positās per viās obambulāns, ac praesertim ante palātium sē sistēns, vēnum offerēbat sīc clāmitāns: "Quis volet antīquās lucernās cum novīs ēmūtāre?"

Puerī eum circumcursābant, eumque dērīdēbant, atque cūnctī eum audientēs, hominem īnsānīre putāvērunt; magus tamen eōs floccī faciēbat.

"Quis volet antīquās lucernās cum novīs ēmūtāre?" identidem clāmitābat totiēs praeterambulandō palātium, ut dēnique ipsa Rēgia Fīlia percontārētur, quis clāmor is esset. Ūna ancillārum sciscitātum prōdīvit, quae rīdēns reversa retulit quendam dēmentem lucernās novās in ēmūtātiōnem ergā antīquās offerre.

Alia mulier hōc audītō, "Rēgia Fīlia," inquit, "ecce in eō pēgmate est quaedam lucerna antīqua. Cuiuscunque ea sit, certē libenter accipiet in eius locum novam; experiāmur utrum iste novam eius locō nōbīs rēvērā dare velit."

Rēgia Fīlia iocum dignāta, mittit ancillam cum lucernā, quam et magus ergā novam perlibenter ēmūtāvit, quod satis nōvit in tālī tantaque Aladdīnī pālātiō haud duās lucernās antīquās reperīrī posse. Hōc perfectō, magus sē ē mediō cito sustulit, lucernīs novīs in angiportū quōdam abiectīs, antīquā autem, in sinū suō dīligenter abditī, in agrum sōlitārium sēcessit. Hic sine morā genium lucernae ēvocāvit.

"Fāre, quid tibi vīs?" quaerit genius. "Praestō adsum ad tibi obsequendum ut servus tuus, atque servus cuiuscunque quī eam lucernam in manū habeat; ego caeterīque lucernae servī."

"Fac trānsvehās palātium, quod hāc in urbe aedificāverās, ūnā cum incolīs eius in certum locum in Āfricā," respondit magus.

Vix magus fātus erat, et iam palātium Rēgiaque Fīlia abrepta sunt. Postrīdiē, quum Sultānus surrēxit, ingentī stupōre animadvertit nūllum palātium sibi ē regiōne esse — praeter caelum prōrsus nihil vidēbātur. Utique ingēns undique erat cōnsternātiō. Absque morā mīlitēs missī sunt quī Aladdīnum, quī vēnātum profectus erat, exquīrerent et caperent.

Sultānus, quoniam suspicābātur Aladdīnum in rapiendō suō ipsīus palātiō, Rēgiāque Fīliā Badrulbudūrā, esse implicitum, statuit eum obtruncārī; at incolae urbis Aladdīnum dīlēxērunt, et quum palātiō Sultānī impetum, carnificī autem mortem minitārentur, Sultānus veniam sē Aladdīnō eā lēge datūrum spopondit, ut ipse Rēgiam Fīliam Badrulbudūram, intrā quadrāgintā diēs repertūrus esset.

Quod vērō ad Aladdīnum attinet, is prae dolōre paene extrā sē raptus est. Profectus itaque est ad uxōrem longē lātēque quaerendam, sed utique incassum, nōn enim reperit eam. Dēnique adeō pendēns animī factus est, ut sē aquīs mergendum statueret. Quum vērō fīdus esset Mohammedānus, prīmum precēs recitāre cōnstituit, et hōc cōnsiliō in amnem dēscendit, ut manūs vultumque lavāret, et sīc, secundum rītum sē ad mortem praeparāret. At rīpa amnis erat praeceps, Aladdīnus caespitāvit, ac nisi scopulō, quī vix bīnīs pedibus suprā aquam ē saxīs prōminēbat pedem illīsisset, certē in amnem prōcidisset. Ut proinde deorsum lāpsābat, hōc scopulō exceptus sē sustentābat, ac, bonā suā fortūnā, annulus, sibi ā magō datus, et usque in digitō gestus, saxō affricābātur. Eōdem pūnctō temporis genius annulī compāruit.

"Fāre, quid tibi vīs?" quaerit genius. "Praestō adsum ad tibi obsequendum ut servus tuus, atque servus cuiuscunque, quī hunc annulum in digitō gerat; ego, caeterīque servī annulī."

Comparātiōne hāc imprōvīsā, beātus Aladdīnus respondit:

"Mī genie, servā meam vītam iterum, mē ad locum trānsvehendō ubi palātium meum situm sit; aut vērō revehendō palātium meum in locum ubi anteā stetit."

"Alteram prōpositī partem," respondit genius, "ego perficere nequeō, quod ego servus annulī tantum sum; ut palātium revehātur, servum lucernae tē iubēre oportēbit; sed quaesītum alterum perficere possum."

Nec morā, Aladdīnus eōdem ferē mōmentō temporis sē ante palātium suum stantem reperit. Tunc nox erat, prohinc Aladdīnus sub arbore prōcumbēns pernoctāvit, sed posterō diē, prīmā lūce, sub fenestrīs conclāvis Rēgiae Fīliae obambulāre coepit, sī quō cāsū ipsa sē animadverteret. Eius servōrum aliquis dēmum herum agnōvit. Rēgia Fīlia, quum novīs iūcundīs vix fidem praestāret, ipsa dēnique prōspectāvit marītumque agnōvit. Ōstium illī cōnfestim apertum est, eōque ingressō, Aladdīnus et uxor, prae gaudiō ac fēlīcitāte, lacrymābundī, iterum iterumque sē amplexātī sunt.

Dein sīc fātur Aladdīnus: "Tuī ipsīus meīque grātiā, Rēgia Fīlia, dīc mihi, obsecrō, quō dēvenit lucērna illa antīqua, quam, priusquam vēnātam īveram, in pēgmate aulae relīquī?"

"Ēheu," respondit illa, "perquam vereor nē ea nostrī īnfortūniī fōns et orīgō fuerit, mēque in causā esse." Hīs dictīs, nārrāvit marītō quemadmodum antīquam lucernam ergā novam ēmūtāvisset, et quemadmodum postrīdiē sē cum palātiō in Āfricam abreptam reperisset, atque eum, quī suā arte magicā sē trānsvēxisset, ipsum eundem esse, quī lucernam ēmūtāsset, et etiam famulum aliquem illum agnōvisse.

"Iam sciō," inquit Aladdīnus, "Rēgia Fīlia, quis prōditor is fuerit. Dīc mihi modo ubinam lucernam conditam habuerit?"

"In sinū suō," respondit Rēgia Fīlia, "ipse enim mē quotīdiē vīsum venit, ac semel tamquam tropaeum mihi etiam exhibuit. Ego quidem vix vel verbum eī respondeō, tamen ipse frequentāre nōn dēsinit; suppliciter mē exōrāre sōlet ut tuī oblīvīscar, sēque marītum agnōscam."

Aladdīnus igitur rem sēcum dēlīberandam suscēpit, modumque ad līberandam Rēgiam Fīliam commentus est, quem et uxōrī patefēcit. Mūtātō igitur rūsticī vestītū in urbem proficīscitur, atque in apothēcā medicāmentum quoddam praestinat. Inde in palātium reversus, Rēgiam Fīliam subōrnat, ut ipsa optimīs indūta vestibus magum exciperet, sēque maximē affābilem ergā eum praebēret. Dein pulverēs, quōs praestināverat maximē mortiferōs, cyathō indidit, quem Rēgia Fīlia vīnō erat explētūra, atque quum ūnā coenātūrī essent, nam Rēgia Fīlia erat illum hōc prōpositō ad coenam invītāre, atque cyathum venēnātum ipsa erat illī porrēctūra.

Rēgia Fīlia cūncta haec ad amussim perfēcit: blandiēbātur magō, eīque arrīdentī cyathum venēnātum porrēxit. Is cyathum hausit, statimque retrōrsum concīdit. Extemplō Aladdīnus intrat, rogatque Rēgiam Fīliam ut prō praesentī in proprium conclāve sē recipiat, quod quum ipsa fēcisset, ipse lucernam mortuō magō adimit, geniumque lucernae cōnfestim ēvocat.

"Velīs, mī genie," ait illī Aladdīnus, "nōs omnēs cum palātiō in Sērēs, locumque prīstinum palātiī restituere."

Dictum et factum, et ita quidem, ut praeter lēnem quassātiōnem in sublevandō dēmittendōque palātiō, nihil quidquam incommodī percēpissent.

Igitur Aladdīnus Rēgiaque Fīlia, tandem aliquandō iterum in propriā patriā ūnā coenāvērunt. Posterō manē, ubi Sultānus, ut erat suī mōris, trīstis ē fenestrīs suīs prōspectābat, cum summō stupōre videt palātium, quod iam prīdem dīreptum erat, iterum locō suō solitō stāre. Quum dēnique eō trānsīvisset, et ingressus palātium in eō suam fīliam reperisset, tantō gaudiō fuit affectus, ut fīliam suam atque Aladdīnum iterum iterumque amplexātus esset, et in eōrum honōrem magnum convīvium parārī iussisset.

Magus ille Āfricānus habēbat frātrem sē nātū minōrem, sed aequē versūtum atque nēquam quam fuit ipse. Quum hīc, ope suī hōroscopiī rescīvisset frātrem suum maiōrem nātū ā quōdam homine plēbēiae orīginis, marītō cuiusdam Rēgiae Fīliae in Sēribus interēmptum esse, ad mortem eius ulcīscendam sine morā iter eō suscēpit. In caput itaque Sērum proficīscitur, ubi quum pervēnit, reperit Aladdīnum eum fuisse, quī frātrem suum venēnō perēmisset.

Dum hic magus in dīversōriō quiētem capiēbat, ē sermōnibus circum sē loquentium audīvit quandam sāgam memorārī, nōmine Fatimam, quae et mīrācula ēdere, dolōrem capitis quōrumdam cūrāre cōnsuēvisset. Ipse prōtinus dē dīrō aliquō flāgitiō cōgitāre coepit.

Circā mediam noctem igitur cellam Fatimae adiit. Hanc in mattā dormientem offendit, capite parietī applicitō, eamque prōtinus suscitat, pūgiōne pectorī eius collimātō. Misella Fatima oculōs aperit, vīsīsque homine atque pūgiōne, magnopere est conterrita. "Clāmēs modo, et ego tē prōtinus compungam," alloquitur eam magus. "Nihil volō nisi tuam stolam atque ut vultum meum in similitūdinem tuī vultūs subōrnēs."

Fatima igitur tremēns exsurgit, et indūmentum cum magō commūtat. Deinde vultum magī cērussā, et aliquā lymphā dealbat, caputque capillāmentō adōrnat, quō fīnītō, speculum illī praebet, unde ipse cernere possit, quam suī sit similis. Tum scelestissimus magus Fatimam pūgiōne perfōdit, ac prīmā lūce ē cellā prōrēpit, quasi ipse sit Fatima, sāga, atque turba eum circumfluit, benedictiōnem eius flāgitāns.

Haec Fatima ēmentīta, dolōrī capitis medērī simulāns saepius cōnstitit, ac, dēnique in compitum, ante palātium Aladdīnī, pervēnit. Rēgia Fīlia Badrulbudūra, ubi turbam cōnspicāta est, quaesīvit ē domesticīs quid reī illīc gererētur, et quum audīvisset sāgam Fatimam turbam ciēre, mīsit quī eam invītāret, ut sibi benedīceret.

Intrōmissa Fatima accessit, atque Rēgia Fīlia, quae nātūrā suā piissima erat, exīstimāvitque magum sāgam esse, eum ad manendum invītāvit. Pseudo-Fatima invītātiōnem accēpit, quod utique tempus precum īnstābat. Prandēre cum Rēgia Fīlia recūsāvit, quod ipse sōlō pāne, paucīsque frūctibus vēscerētur; sed fīnītō prandiō ad eam reversā est, quum Rēgia Fīlia quaerēbat ab eō, quid sibi dē aulā grandī vidērētur.

Fatima caput ērēxit. "Certē aula, ut mihi quidem vidētur, magnifica est," respondit sāga fūcāta, "nec nisi ūnā rē amplius indiget."

"Ūnā rē?" quaerit Rēgia Fīlia, "et quaenam ea rēs est? Equidem ego semper exīstimābam aulam ex omnī numerō perfectam esse."

"Rēs ūnica quae deest," ait Fatima, "pāce tuā dīxerim, ō Rēgia Fīlia, est ōvum rocī, quod ex tholō dēbēret suspendī."

"Ecquid est ōvum rocī?" quaerit Rēgia Fīlia.

"Ōvum id est avis cuiusdam ingentis, quae Montēs Caucasiōs incolit," respondit Fatima.

Quum dēnique Aladdīnus ē vēnātiōne rediit, Rēgia Fīlia docuit eum sē ōvum rocī, quod ex tholō suspenderētur, comparātum habēre velle. Aladdīnus cōnfestim prōmīsit id sē obtentūrum. Hōc ergō cōnsiliō sine morā ēvocat genium lucernae.

"Genie mī," affātur eum Aladdīnus, "ōvum rocī optārem comparāre, quod in aulā penderet."

Vix hoc fātus est, quum genius ingentem ēdidit boātum, ita ut palātium tōtum nūtāret.

"Scelerāte!" vāgit genius. "Necdumne satis tibi praestitī? Num vīs ulterius ut ipsum meum dominum in aulā tuā suspendam? Prō bonā tuā fortūnā nōn tū es auctor huius prōpositī. Scītō ergō eum, quī hanc rem postulat, frātrem esse magī Āfricānī, esseque eum domī tuae, sub speciē Fatimae dēlitēscentem sāgae. Porrō, cōnsilium eius esse tē trucīdāre: tibi itaque cavē."

Hīs dictīs genius ēvānuit.

Aladdīnus tum prīmum audīvit Fatimam domī suae latitāre. Prōtinus itaque conclāve petīvit Regiae Fīliae, ibique sē ex capite labōrāre conquestus est. Rēgia Fīlia Fatimam illicō accīrī iubet, ut eī medērētur. Fatima appropinquābat ad eum cum pūgiōne in cingulō abditō, sed Aladdīnus rem animadvertit, ac manū, quae pūgiōnem tenēbat arrepta, magum in corde trānsfīxit.

"Ō, mī marītē, quid fēcistī?" clāmat Rēgia Fīlia. "Sāgam sānctam interfēcistī."

"Mea uxor," respondet Aladdīnus, "frātrem interfēcī magī Āfricānī. Iste homō scelestissimus misellam Fatimam trucīdāvit, sē eius vestibus subōrnāvit, et ad mē occīdendum hūc vēnit."

Sīc dēnique est Aladdīnus ā persecūtiōnibus duōrum magōrum līberātus. Deinceps ipse atque Rēgia Fīlia Badrulbudūra multōs annōs beātī fēlīciter ūnā vīxērunt, ac dēnique, Sultānō vītā fūnctō, Aladdīnus post eum rēgnāvit.

Fīnis

AQUA VITAE

LONGĒ anteā quam sīve ego, sīve tū, nātī essēmus, in rēgnō quōdam perquam dissitō rēgnābat rēx, quī trēs fīliōs habēbat. Hic rēx quondam in aegritūdinem incidit, et ita quidem, ut nēmō eum vīctūrum crēderet. Fīliī aegritūdine patris magnō maerōre afficiēbantur; et ut in hortō palātiī flentēs oberrābant, senex quīdam iīs obviam factus est, quī ab iīs scīscitābātur quid contrīstātī essent. Iuvenēs igitur nārrābant sēnī dē patris aegritūdine, sēque dēspērāre aiēbant eum quidquam servāre posse.

"Quīn ego sciō quid," refert senex. "Aqua Vītae id efficere posset. Sī rēx vel haustum eius comparāre posset, prōtinus valēret; obtentū tamen ea difficillima est."

Tum fīliōrum maximus nātū aiēbat, "At ego eam mox reperiam," quō dictō ad aegrum rēgem properāvit, facultātemque ab eō petīvit ut Aquam Vītae quaesītum sibi proficīscī licēret, quandōquidem ea sōla rēs esset quae eum prīscae valētūdinī restituere posset.

"Minimē," respondit rēx, "mortem potiōrem habeō, quam ut tē discrīminibus, quae iter eiusmodī sēcum fert, ā mē obiectum esse sciam."

Vērum iuvenis tantō ārdōre flāgitābat, ut rēx dēnique eī facultātem eundī largīrētur, quō factō, fīlius rēgius sīc sēcum coniectābat, "Sī patrī hanc aquam attulerō, mē habēbit fīlium dīlēctissimum, mēque haeredem rēgnī cōnstituet."

Tandem itinerī sē dēdit, et quum partem nōn exiguam itineris ēmēnsus esset, in vallem quandam pervēnit, praecipitiīs et sylvīs utrimque asperam; et ut illīc dispectābat, in quōdam scopulō sibi imminentī animadvertit pūmilum, quī sē mox hīs verbīs inclāmāvit: "Prīnceps, quōnam tantopere festīnās?"

"Quid id ad tē, turpis pusille?" regerit contemptim rēgius fīlius, iter prōsecūtus. At homullus in magnam īram exārsit ob hanc contumēliam, eīque malam fortūnam incantāvit, ita ut eō prōrsum equitante angusta montium pedetentim coarctārī, tandem omnīnō ita claudī vidērentur, ut ulterius prōgredī nūllō pactō posset. Itaque quum mūtātō cōnsiliō equum retrō verteret, ut iter quō vēnerat remētīrētur, reperit viam ā tergō quoque occlūsam esse, sēque undique sēptum. Dēnique dē equō dēscendēns per pedēs viam tentābat, at hoc perficiendō pār nōn erat, et sīc sē magiā omnīnō et inēluctābilī modō vīnctum reperit.

Intereā pater, rēx, in diem victitābat spē quotīdiānā fultus fīliī suī reversūrī, quum dēmum alter fīlius sīc eum alloquerētur: "Pater, sine ut ego eam aquam comparātum proficīscar." Ratiōcinātus enim erat, "Frāter meus certē interiit, itaque rēgnum mihi obveniet, sī cum bonā fortūnā iter persolverō."

Rēx prīmum admodum erat invītus, nec alterum fīlium īre sīvit; dēnique tamen facultātem eī dedit. Hic itaque iter ingressus, eādem viā quā frāter ante vehēbātur, profectus, eundem pūmilum convēnit, quī eum eōdem locō dētinēbat hīs verbīs: "Prīnceps, quōnam tantopere festīnās?"

"Fac, ārdeliō moleste, proprium negōtium cūrēs!" respondet eī iuvenis Prīnceps contumēliōsē, et abequitāvit. At pūmiliō eōdem incantāmentō eum dēvīnxit, et quum hic ad eadem angusta montium utī frāter ante pervēnisset, neutrum versus ēvādere poterat. Sīc ergō fit stultīs superbīs, quī plūs sapere sibi persuādent, quam ut aliōrum cōnsiliō egeant.

Quum et alter fīlius rēgius tam diūturnō tempore morārētur, fīlius nātū minimus statuit ad comparandam Aquam Vītae iter suscipere, spē frētus patris in bonam valētūdinem restaurandī. Pūmiliō huic quoque occurrit eōdem locō, quaesīvitque ex eō: "Prīnceps, quōnam tantopere festīnās?" Cui Prīnceps, "Aquam Vītae quaesītum iter suscēpī, quod pater meus aeger iacet, vereorque nē moriātur; potesne mihi succurrere?"

"Nōtumne tibi ubi ea reperīrī possit?" quaerit homunculus.

"Nōn est," respondit iuvenis.

"Quandōquidem hūmāniter mihi respondistī, cōnsiliumque meum expetīvistī, docēbō tē quō et quemadmodum tibi eundum sit. Aqua quam quaeris ē fonte ēbullit castellī fascinātī, quō ut īre sēcūrē queās, virgā ferreā tē dōnābō, duōbusque pānibus. Portam ferream castellī ter virgā percutiēs, quum illa pandētur. Intrīnsecus duo famēlicī leōnēs iacēbunt, in praedam hiantēs; sī eōs obiectīs hīsce pāstīs cibāveris, tē praeterīre sinent; tunc properābis ad fontem Aquae Vītae, hauriēs aliquantam antequam hōrologium duo decimam pulset, sī enim ulterius morātūrus sīs, porta ante tē in omne aevum claudētur."

Virgā pastīsque acceptīs, rēgius iuvenis pūmilō grātiās ob eius succursum amīcissimum reddidit, ac tum iter suum per terrās mariaque prōsequēbātur, usquedum ad terminum suī itineris fēlīciter pervēnit, ubi cūncta ad amussim ita reperit, ut pūmilus illī praedīxerat. Porta ad tertium tāctum virgae sine morā pandēbātur, leōnibusque pāne pastīs, prōgrediēbātur per castellum, in quō tandem in pulcherrimum conclāve intrāvit; in eō circum aliquot equitēs reperit in artiselliīs sedentēs, fascinō cōnsōpītōs; hīs annulōs ē digitīs dētrāxit, propriīsque imposuit. In conclāvī alterō ēnsem cum pāne in mēnsā iacentem reperit, quōs etiam sustulit. Deinde in cubiculum vēnit, in quō venustissimam reperit virginem in grabātō sedentem. Haec eum laeta excēpit, affātaque eum dīxit, sī sē ā vinculō incantāmentī līberāsset, ac post annum ad sē redīret, tōtum rēgnum in suam ditiōnem acciperet, ipsaque īnsuper eī nūberet. Porrō eum docuit Aquam Vītae ē fonte mānāre in fundō castellī, licēre eī quantam vellet haurīre, eum tamen properāre iussit, ut antequam hōrologium duodecim pulsāret, extrā portam esset. Hīs audītis, rēgius iuvenis forās properāvit, pervēnitque ad pulcherrimōs hortōs, in quibus aliquem locum umbrīs dēlectābilem cum grabātō invēnit, ubi, quum admodum esset lassus, requiēscendum sibi putāvit, unde pulchritūdinēs hortī commodē spectāre ac mīrārī posset. Recubuit itaque, ac sibi invītō mox sopor obrēpsit, nec ēvigilāvit dōnec hōrologium ūndecimum cum dōdrante sonāret; tunc, perquam territus in pedēs prōsiliit, ad fontem accurrit, scyphum illīc pendentem complet, atque pedēs retrahit, ut temporī ēvādat. Ipsō pūnctō temporis, quō ferream portam praeterībat, hōrologium duodecim sonābat, quum porta tam cito illābēbātur, ut frustulum calcis suae abrāderet.

Quum sē incolumem in tūtō reperisset summō gaudiō afficiēbātur, quod Aquā Vītae potītus est; atque in itinere retrōrsum praeterībat pūmilum, quī quum ēnsem atque pānem cōnspexisset, haec eum docuit: "Eximium attulistī praemium; eō ēnse, singulō ictū, tōtum exercitum prōsternēs; pānis autem nunquam dēficiet."

Tum rēgius iuvenis haec sēcum dictitābat: "Nōn decet mē ad patrem sine frātribus redīre," itaque sīc affātur pūmilum: "Mī amīce bone, num nōn potes mihi dēclārāre ubi meī frātrēs sint, quī ante mē Aquam Vītae quaesītum profectī, nunquam reversī essent?"

"Equidem eōs," refert homullus, "quoniam sē superbōs ergā mē praestitērunt, nec mē cōnsulere dignābantur, inter duōs montēs occlūsī."

Iuvenis tantā cōnstantiā flāgitābat grātiā suōrum frātrum, ut pūmiliō tandem eōs līberāret, licet invītus, sed sīc eum commonuit: "Cavē tibi ab eīs, malō enim sunt corde." Ipse tamen eōrum vīsū admodum gāvīsus est, statimque ēnārrāvit eīs tōtum quod sibi ēvēnisset: modum quō Aquam Vītae reperisset, quī scyphum eius abstulisset, quemadmodum venustissimam rēgiam virginem ā vinculīs incantāmentōrum līberāsset, dēnique, quemadmodum ipsa tōtum annum ad exspectandum praestituisset, quō praeteritūrō ipsa sibi nūptūra esset, rēgnumque sibi dōnātūra.

Hinc omnēs trēs ūnā abequitārunt. In itinere domum versus in rēgnum quoddam pervēnērunt, quod bellō dēvastātum, fameque ita ad extrēma redāctum invēnērunt, ut omnēs superstitēs sibi pereundum exīstimārent. Vērum rēgius iuvenis pānem suum rēgī eius gentis obtulit, quō et rēx, et cūnctī eius subditī vēscēbantur. Īnsuper, mīrābilī suō ēnse omnēs exercitūs hostium dēlēvit, quibus gestīs rēgnum in pāce et ūbertāte relīquit. Eōdem modō etiam aliās duās gentēs in suō itinere parī beneficiō affēcit.

Advenientēs ad mare, nactī sunt nāvim, quam omnēs trēs cōnscendērunt. Inter nāvigandum duo frātrēs nātū maiōrēs sīc inter sē colloquēbantur: "Frāter noster possidet Aquam, quam nōs comparāre nequīvimus; futūrum ergō est, ut pater nōs eī posthabeat, rēgnumque, quod nostrī iūris est, eī attribuat." Itaque invidiā et vindictā succēnsī, sīc cōnsilium labefactandī eius inīvērunt. Hōc igitur prōpositō exspectābant dum ipse dēcumberet et obdormīsceret, quod quum factum est, Aquam Vītae eī surripientēs, in propriam lagēnam trānsfūdērunt, eīque aquam marīnam, salsam et amāram, supposuērunt. Quum ad fīnem suae peregrīnātiōnis, domum, pervēnērunt, fīlius nātū minimus suum scyphum aquae properē ad patrem pertulit, ut, haustā eā, cūrārētur. Vix tamen is aquam marīnam, salsam et amāram, dēgustāverat, aegrior etiam quam ante factus est. Mox duo adultiōrēs fīliī superveniēbant, suumque frātrem minōrem culpābant perperam factum eī exprobrantēs, quasi patrem venēnō perimere voluisset, vēram et genuīnam Aquam Vītae abs sē comparātam allātamque esse.

Simul ac rēx aquam, quam hī eī obtulerant, sorbēre incipiēbat, ab aegritūdine levārī coepit, et in paucīs diēbus adeō convaluit, ut quasi in iuventūtem sē restaurātum sentīret. Post haec duo frātrēs minōrem frātrem adīvērunt, eum dērīsērunt sīc fātī: "Nōnne frātercule tū bellē reperistī Aquam Vītam? Tū labōrēs pertulistī, nōs praemia ferēmus; quamobrem, obsecrāmus, cautior tibi nōn fuistī? Annō futūrō alter nostrum nisi dīligentius tibi cāveris, bellulam tuam rēgiam puellam tibi ēripiet; satius tamen arbitrāmur ut dē hīs rēbus patrī dīxerīs, quod ipse tibi nē verbum quidem crēdet; īnsuper, sī tūtē ārdeliōnem praebueris, vidē nē vītam perīclitēris tuam; quīn, potius, in pāce silēbis, et sīc per nōs salvēre et valēre tibi licēbit."

Rēx senex magnam īram adversum minimum fīlium concēpit, crēdereque vidēbātur eum necem sibi intentāre voluisse. Quamobrem cōnsilium convocāvit rēgium, ut statuerētur quid factō opus esset. Placuit cōnsiliō id crīmen capitāle vidērī, cuius auctor reus mortis esset. Iuvenī prōrsus ignōtum erat quid gererētur usque ad eum diem quō saltuārius rēgius cum eō vēnātum īvisset. Hōc in itinere, quum in quemdam locum clārum ac sōlitārium advēnissent, perspectā saltuāriī trīstitiā, iuvenis percontātus ab eō est, quid tam trīstis vidērētur, hīs verbīs: "Mī amīce, quid reī est?"

"Causam trīstitiae meae tibi explicāre nec libet mihi, nec audeō," hic respondit.

At iuvenis īnstābat, et sīc eum sollicitābat: "Dīc modo quidnam sit id, nec pūtēs mē īrātum fore, et tibi prōrsus condōnābō."

"Ēheu," fātur saltuārius, "rēx mē tē interimere iussit."

Rēgius iuvenis ad haec obstupuit, sed mox, "Sine ut vīvam," ait saltuāriō, "velīs mēcum vestēs commūtāre; tū sūmēs tunicam meam rēgiam, ut eam patrī exhibēre possīs, mihi autem tua veterāmenta trādēs."

"Ē summīs meīs praecordiīs," respondit saltuārius; "certē enim vītam tuam tibi servāsse maximō mihi est gaudiō; utique tē interficere nūllō pactō volēbam." Hīs dictīs amictum rēgiī iuvenis sūmpsit, suumque trītum eī trādit, quō factō, per sylvam discessit.

Nōn adeō multō post trēs īnsignēs lēgātiōnēs vēnērunt in cūriam senis rēgis cum ēgregiīs dōnīs aurī, lapidumque pretiōsōrum prō fīliō suō nātū minimō, ā tribus rēgibus in testimōnium grātī animī missīs ob praeclāra eius in sē beneficia collāta, quum iīs ēnsem suum atque pānem commodāsset, quōrum ope et hostēs prōflīgāsset suōs, et cīvēs pāvisset. Hic ēventus cor rēgis senis valdē commōvit, et inde suspicārī coepit fīlium suum minimum tamen īnsontem fuisse. Quum cōnsilium rēgium iterum convēnisset, rēx cōnsiliāriōs sīc affātus est: "Ō, utinam fīlius meus minimus usque in vīvīs esset! Quam mē paenitet eum necī trādidisse!"

"Ipse usque vīvit," monet saltuārius, "estque mihi magnō sōlātiō quod eius misertus sum, vītamque eius servāvī, quoniam animum indūcere, ut eum necidārem, quum tempus mandātī exsequendī advēnit, nūllō modō poteram, eumque in pāce dīmīsī."

Hōc audītō, rēx summō gaudiō afficiēbātur, ac per tōtum rēgnum prōclāmārī iussit, ut sī fīlius ad sē in rēgiam reverterētur, veniam impetrāret.

Rēgia intereā virgō līberātōris suī reditum avidē exspectābat; hōc cōnsiliō viam ex aurō, ac fulgidō, rēctā ad portam dūcentem, parārī cūrāvit, docuit īnsuper domesticōs hunc dēmum vērum suum esse procum, quī per viam auream rēctā ad portam equitātūrus esset, eumque sine morā intrōmitterent; contrā quīcunque in alterutrō latere equitāret, scīrent vērum procum nōn esse, ideōque eum statim ab ingressū arcērent.

Tempus dēnique advēnit quum fīlius maximus nātū tentandum statueret rēgiam virginem vīsum īre, eīque persuādēre sē eius līberātōrem fuisse, eam in uxōrem expetere, rēgnōque eius potīrī. Ut is in cōnspectum palātiī vēnit, viamque auream animadvertit, eam contemplātum substitit, et sīc sēcum ratiōcinābātur: "Inīquum esset adeō pulchram viam perequitandō dēturpāre," prohinc ad rēctum latus eius sē dīvertit. At vērō, quum ad portam advēnit, vigilēs negārunt eum illum esse, quem esse sē obtenderet, eumque ad proprium negōtium cūrandum dīmīsērunt.

Paullō post alter fīlius rēgius idem iter eōdem cōnsiliō ingressus est; et quum is ad viam auream pervēnisset, suusque equus alterum pedem in eam lēvāsset, dēstitit eam contemplātūrus, et quum vīdisset quam ea esset eximia, sīc sēcum cōgitābat: "Quam esset inīquum sī quidcunque eam pedibus calcāret!"

Dēnique etiam hic sē dīvertit, atque ā latere laevō prōrsum equitāvit. At vigilēs, quum hic ad portam pervēnerat, eum ab ingressū, quod nōn vērus ille rēgius fīlius esset, prohibuērunt, et ad abeundum coēgērunt.

Tandem nunc, quum annus integer explētus erat, tertius frāter, quī īram patris metuēns usque nunc in sylvīs dēlituerat, ad requīrendam rēgiam virginem sibi dēspōnsātam, prōdīvit. Eius imāginem continuō in animō versāns, iuvenis iter suum prōsequēbātur tam celerī cursū vectus, ut viam auream nē animadverteret quidem, sed eam cito percurrit; et quum ad portam attigit, haec illicō pandēbātur, rēgia virgō eum summō gaudiō excēpit, ut suum līberātōrem cōnsalūtāvit pariter ac suum marītum dominumque suī rēgnī; ac paullō post et nūptiae opiparīs lautitiīs celebrātae sunt.

Postquam haec cūncta fēlīciter gesta sunt, uxor nārrābat quōdam diē marītō iuvenī sē fandō audīvisse patrem eius veniam prōclāmāsse, dēsīderiōque eius adeō tenērī, ut eum domum venīre postulāret. Hōc audītō, fīlius ad vīsendum rēgem redīvit, cūnctaque quae gesta essent, nārrāvit — quemadmodum frātrēs suī sē dēcēpissent ac dēfraudāssent, sē cūncta haec opprobria, ob amōrem patris aequō ferre animō. Hīs audītīs senex rēx in īram exārsit, atque fīliōs suōs nēquam pūnīre cupiēbat, at hī effūgērunt, nāvimque nactī, vastissimō marī sē commīsērunt, nec unquam amplius vīsī sunt.

Fīnis

PULCHRITUDO CONSOPITA

FUĒRUNT quondam rēx et rēgīna, quī quum līberōrum orbī essent, ex eā rē ingentī dolōre afficiēbantur. Dēnique nāta illīs fīliola est, ad quam baptizandam mīrā pompā rēgia apparābātur. Quotquot dīae in rēgnō reperīrī poterant — fuērunt autem eārum septem — in mātrīnās Rēgiae Fīliolae accersēbantur, ita ut sī quaeque dīa mūnuscula baptismālia, ut eius aevī cōnsuētūdō sēcum ferēbat, eī contulisset, cūnctīs grātiīs dōtibusque animī ōrnāta esset.

Baptismate perāctō, omnēs quī intererant in rēgiam convēnērunt, ubi in honōrem dīārum maginificae epulae erant apparātae. In ūnōquōque accubitū patina erat posita ex aurō solida, item cochlear, culter ac fuscinula, ex aurō pūrissimō, adamantibus atque carbunculīs īnsitīs decōra. Ut vērō discumbere coeperant, senem dīam conclāve intrāre animadvertērunt quae ad convīvium invītāta nōn erat, quod turrim suam, quam incolēbat, per quīnquāgintā annōs nōn relīquerat, unde sīve mortua, sīve fascināta esse vulgō exīstimābātur. Rēx quidem iussit accubitum eī prōtinus apparārī, aurea tamen mēnsae supellex, ut reliquīs, quod septem dīābus totidem fierī iussae essent, eī praepōnī nōn poterat. Vetula itaque dīa sē spernī exīstimābat, quamobrem sēcum minās mūtīre audiēbātur. Quum hās minās dīa iuvenis eī vīcīna auribus excēpisset, suspicāta est futūrum ut vetula sāga Rēgiae Fīliolae aliquid īnfaustī atque horridī dōnī locō īnflīgere meditārētur, quamprīmum ā mēnsā discessum erat, clanculum sēcessit, sēque pōne aulaeum recondidit. Hoc autem ideō fēcit, ut ipsa postrēma in alloquendō sequī, et sīc, sīquid īnfaustī ā vetulā strīgā patrātum esset, ipsa, quoad posset, compēnsāret ac damnum reparāret.

Tempus interim vēnit quō quaeque dīa ēdīceret quae mūnera ac dōtēs Rēgiae Fīliolae singulae impertīre vellent. Nātū eārum minima ēdīxit ut īnfāns inter omnēs tōtīus mundī puellās maximē amābilis ēvāderet; proxima, ut eadem omnium maximē ingeniōsa ac vafra esset; tertia, ut ea in cūnctīs quae gestūra esset, grātia sine maculā praeclārēret; quārta ut ipsa saltātiōne omnēs excelleret; quīnta, ut ipsa cantū lusciniam adaequāret; dēnique sexta, ut eadem omnibus īnstrūmentīs mūsicīs pulsandīs omnium doctissima fieret.

Tandem ad senem dīam ventum est, quae capite magis ex succēnsiōne quam aetātis imbēcillitāte tremente, quod sē neglēctam exīstimābat, praenūntiābat futūrum, ut Rēgia Fīlia ūnum digitōrum fūsō laesūra, indeque moritūra esset. Hoc effātum sāgae ūniversōs magnō horrōre perculit, nec quisquam eōrum lacrymās cohibēre potuit. Eōdem ipsō temporis mōmentō iuvenis dīa ex suō pōne aulaeum latibulō prōdiit, et haec verba prōtulit: "Ō Rēx, atque Rēgīna, fortī este animō, fīlia vestra nōn moriētur. Fateor quidem mē id, quod senex sāga fēcerat, omnīnō īnfectum reddere nequīre; Rēgia enim Fīlia digitum suum fūsō rēvērā scarīfābit, nōn tamen moriētur; attamen ex vulnere in profundum cōnsōpiētur somnum, nec ante centum annōs inde expergīscet, quō tamen tempore exāctō fīlius cuiusdam rēgis veniet, eamque expergēfaciet."

Rēx quidem immānem calamitātem ā sāgā praenūntiātam, omnī modō āvertere cōnābātur ēvulgātō dēcrētō, nē quis suōrum subditōrum in nendō fūsō ūterētur, aut etiam fūsum in suā potestāte habēret, et hoc sub poenā capitis.

Post exāctōs quīnōsdēnōs aut sēnōsdēnōs annōs, dum rēx rēgīnaque in vīllā suā rūrī agēbant, ēvēnit, ut adolēscentula Rēgia Fīlia quōdam diē tōtam rēgiam percursāret, et postquam plūrima cubicula pererrāsset, tandem in quoddam cubiculum subtēglīnum in summā turrī intrāret, ubi anus sōlitāria nendō esset intenta, quae dē ēdictō rēgiō nunquam audīvisset, quō dē ūsū fūsī omnibus interdictum esset.

"Heus, muliercula bona," affātur eam puellula, "quidnam hīc agitās?"

"Neō, mea dīlēcta," respondit anus, ignāra quae puellula ea esset.

"Ō quam praeclārum est!" prōsequitur Rēgia Fīlia. "Et quōnam modō id agis? Sine ut ego quoque id tentem, utrum īdem facere possim."

Sūmit itaque fūsum, sed quum hoc praeceps ēgisset, minusque cauta, praetereā quidquid dīa vāticinātur, necesse est ēvenīre, digitum eō scarīfat, prōtinusque intermortua concīdit. Anus admodum conterrita est, opemque clāmitandō flāgitāvit. Hominēs undique concurrunt, aliquis vultum eius aquā aspergit, alius vestēs eius solvit, tertius manūs eius pulsat, iterum alius tempora eius aquā Colōniacā perfricat; cūncta incassum, permanet intermortua.

Tum rēx, audītīs novīs, in rēgiam celeriter redit, recordāturque dictī dīārum, et quum intellēxisset id quod dīae dīxissent necessāriō ēvenīre, fīliam in praestantissimum quod habēbat in rēgiā cubiculum dēvehī, et in lectum, lōdīcibus lectisterniīsque aurō et argentō acupīctīs cōnstrātum collocārī iussit. Ipsa vērō tam erat pulchra etiam dormiēns, ut angelum eam crēderēs, color enim vīvidus et rosāceus vultum eius nōn relīquit, genae etenim eius roseae, labella vērō tamquam corālla erant, palpebrae autem clausae quidem erant, eam tamen lēniter spīritum dūcere circumstantēs clārē audiēbant, unde prō certō intellēxērunt puellam mortuam nōn esse. Rēx itaque omnibus dēmandāvit ut fīliam placidē dormīre sinerent usque ad hōram, quā suā sponte ēvigilātūra esset.

Dīa bona, quae vītam puellae pretiō sopōris centum annōrum servāverat, eō tempore quō īnfortūnium Rēgiam Fīliam supervēnit, in rēgnō Mataquīnae mīllia passum duodēna dissitō aberat. Attamen ipsa id ā quōdam pūmilō intrā bīna mōmenta inaudīvit, quippe quī cothurnōs habēbat septēnum

mīlliāriōrum; hī enim erant cothurnī, quibus quoque gressū septēna mīlliāria, quī eōs gereret, ēmētīrī poterat. Dīa igitur sēsē cōnfestim itinerī dēdit, atque intrā hōrae spatium igneō īnsidēns plaustrō, dracōnibus vectō, ante rēgiam cōnstitit. Quum rēx eī porrēctā manū in dēscendendō dē plaustrō adstitisset, haec amīcīs verbīs certiōrem eum fēcit sē probāre cūncta quae rēx statuisset; vērumtamen quum ipsa longē praevidēret futūra, monēbat eum vetus istud palātium, quum fīlia experrēctūra esset, nimis fore sōlitārium; itaque operī sē accīnxit, sūmpsit suam virgam, dēmptōque rēge atque rēgīnā, ūnumquemque in palātiō contrectāvit: nutritiās, cubiculāriās honōrāriās, ancillās, aulicōs, officiālēs, pincernās, cocōs, lixās, cultrāriōs, vigilēs, baiulōs, paedagōgiānōs, dēnique caculās. Quīn, īnsuper, etiam equōs in stabulīs, equīsōnēs, et aurīgās, perinde ac molossum in āreā, ac, dēnique, canīculum sīmum quī in lectō Rēgiae Fīliae dormīre cōnsuēvit, singillātim contrectāvit.

Simul atque hōs omnēs tetigerat, ūniversī cōnsōpītī sunt usque eō dormītūrī, dōnec domina ipsa ēvigilātūra esset, eōrumque ministeriīs egēret. Quīn et ipsae vārae focālēs in culīnā, cum verubus, quibus perdīcēs atque phāsiānī ad assandum erant īnfīxī, cōnsōpītī sunt cum igne ūnā. Haec omnia pūnctō temporis ēvēnērunt; dīvābus enim agentibus, nihil temporis intercidit.

Tum rēx atque rēgīna, postquam dīlēctam suam prōlem deōsculātī essent, quīn fīlia sēsē commōvisset, rēgiam dērelīquērunt, mandātīs in ūniversum rēgnum dīmissīs, nequīs omnīnō palātium appropinquāret. Caeterum hīs mandātīs opus haud erat, namque intrā quadrantem horae circum hortōs lūcumque tanta multitūdō celsārum arborum atque humilium, tanta dēnsitūdō fruticum, dūmētī, veprium atque spīnārum ita inter sē plexārum accrēvit, ut nec hominēs, nec ferae eō penetrāre possent, ac profectō, ex tōtā rēgiā, praeterquam tēcta turrium, et haec ex longinquō tantum, cernī posset. Nec est plānē dubitandum quīn et hae cautēlae opus dīae essent, et eō quidem cōnsiliō, ut dum Rēgia Fīlia dormīret, ab oculīs cūriōsōrum nihil verendum habēret.

Exāctīs dēmum annīs centum, cāsū fortuitō ēvēnit, ut fīlius cuiusdam rēgis tunc rēgnantis, ex dīversā familiā quam cuius puella dormiēns erat sobolēs, iīs in partibus vēnārētur. Cōnspectīs turribus ē vastīs sylvīs albicantibus, anquīrēbat ab accolīs, quae eae rēs essent. Rūsticī regiōnis eī nārrāvērunt quae fandō ab avīs audīvērunt. Eōrum aliquī retulērunt vetustum illud esse castellum ā spectrīs īnfestātum; aliīs placuit locum eum esse ubi cūnctī eius regiōnis magī congregārī, lautēque agere cōnsuēvissent. Maximē tamen vulgāta opīniō volēbat mōnstrum quoddam anthropophagum illīc sēdēs fīxās habēre, quod omnēs quōs capere posset puerōs, rapere, ac per ōtium dēvorāre solēret. Mōnstrum illud persequī nēminem posse aiēbant, quod praeter illud ipsum dēnsās sylvās nēmō penetrāre quīret.

Rēgius itaque adolēscēns nec quid, nec cui crēderet, scīvit. Aliquis dēnique rūsticus aetāte prōvectior haec nārrābat adolēscentī: "Celsissime Prīnceps, plūs quam quīnquāgintā ab hinc annīs audīvī aliquem patrī meō nārrāre, aliquam ibi latēre Rēgiam Fīliam, omnium in orbe terrārum pulcherrimam. Eam ibi centum annōs dormiendō dēgere oportuisse, foreque ut aliquis Rēgius Fīlius eam post lāpsum centēsimī annī expergēfactūrus esset."

Audītīs hīs Rēgius Iuvenis animō admodum commōtus est. Nihil enim dubitābat id sibi ā fātīs commissum, ut sopōrem puellae rumperet, īnsuper et amōre atque ambitiōne etiam accēnsus, continuō statuit experīrī, utrum relāta vēra essent.

Quamprīmum gressūs suōs adversum sylvam dīrēxerat, arborēs prōcērae, perinde atque humilēs, dūmēta ac fruticēs, veprēs atque sentēs ante eum recessērunt, eīque viam ultrō patefēcērunt. Itaque celerī gressū adversum castellum properābat, quod quasi per longum xystum sēsē vīsuī suō offerēbat, quod quum assecūtus esset, sine morā intrāvit, sed animadvertit nūllum suōrum secūtum esse, quod arborēs ac dūmēta pōne sē viam iterum occlūserant. Ipse tamen nihil dubitāns prōgrediēbātur; quisque enim Rēgius Iuvenis amōre succēnsus fortissimus est. Igitur pervēnit in āream internam, ubi quaeque vīderat, facile cuique formīdinem incutere poterant; profundissimum ibi vigēbat silentium; circumquāque corpora hominum atque iūmentōrum cōnspiciēbantur, quae cadāverum speciem referēbant. Vērumtamen dē pustulōsīs nāsīs, rubicundīsque genīs baiulōrum facile agnōvit hōs omnēs dormīre tantum; praetereā dē pōculīs circā eōs, ē quibus pōculīs nec paucae guttae dēerant vīnī, cito intellēxit hōs inter pōtandum somnō oppressōs fuisse.

Inde praeterīvit āream marmoribus strātam, ascendit gradūs, ingressusque est cubiculum ubi vigilēs in ōrdine stābant, sclopēta in humerīs gerentēs, cūnctī stertentēs. Plūra dein conclāvia penetrābat, in quibus virī aulicī mātrōnaeque, aliquī stantēs, aliī sedentēs, omnēs tamen somnō captī vīsī sunt; tum intrābat cameram aurātam, ubi aulaeīs ex parte revulsīs, in lectō aliquid, in omnī mundō vīsū pulcherrimum cōnspexit: Rēgia Virgō, quae vix quīndecimum aut sēdecimum aetātis annum agere vidēbātur, iacēbat, cuius effulgēns pulchritūdō prope caelestī splendōre radiābat.

Accessit proinde iuvenis nōn sine tremōre omnium artuum, affectusque mīrā dēlectātiōne atque admīrātiōne, iuxtā lectum ad genua prōcidit. Tum deinde, quum tempus rumpendī fascinī advēnisset, Rēgia Virgō oculōs adaperuit, vīsōque iuvene, eum summā teneritūdine, quam haud experīrī solent quī prīmum inter sē conveniunt, sīc affātur:

"Tūne is es, Rēgie Iuvenis? Ohē, quam diū ā mē exspectandum tūtē praestitistī!"

Verbīs hīs admodum dēlectātus, modō autem benignō atque amābilī quō prōferēbantur etiam magis affectus, Rēgius Iuvenis haud scīvit quemadmodum suum gaudium, animīque grātī sēnsum satis aptē aperīret; tandem professus est sē eam ipsā suā propriā vītā chāriōrem habēre. Caeterum iuvenis cōnfūsior erat quam Rēgia Virgō, quod nec mīrum vidērī dēbet, quandōquidem puellae per tempus licēbat perpendere quid iuvenī dictūra esset. Vērōsimile etenim est quamvīs historia id nōn referat — bonam dīam longō istō somnō ad suggerenda eī suāvia somnia nōn dēfuisse. Caeterum quidquid fuerit certum est eōs quaternās hōrās dēlectābilī colloquiō exēgisse, neque etiam tunc vel dīmidium eārum omnium rērum quās alter alterī nārrāre cupīverat, penitus exhausisse.

Interim iuxtā cum Rēgiā Fīliā omnēs incolae palātiī ēvigilāvērunt. Hōc factō, singulī sua quaeque mūnia obīre cōgitābant, et, quoniam nōn omnēs amōre calēbant, magnā fame urgērī coepērunt. Domnaedia

rēgiae, ipsa ut caeterī famēlica, Rēgiae sine morā nūntiābat coenam parātam esse. Rēgius Iuvenis puellae, ē lectō surgentī, adiūmentō aderat: ipsa utique omnīnō erat adōrnāta, et hōc magnificentissimō modō, ipse tamen cavēbat nē eī prōderet indūmenta sua speciem modī veterātī, suae aviae, prae sē ferre, cum collārī rigidō grandī ac striātō circā collum. Id tamen nūllam partem suae pulchritūdinis dētrāxit. Coenāculum grande, speculīs undique refulgēns intrābant, ibique coenāvērunt, pincernīs rēgiīs mēnsae īnservientibus, dum fidēs atque buccinae antīquās, licet perquam dulcēs accinēbant melōdiās, centum annīs ā nēmine audītās. Post coenam dēnique capellānus aulicus, in sacellō rēgiō, haud longā interpositā morā, eōs vinculō mātrimōniī iūnxit.

Fīnis

FERI OLORES

DISSITISSIMĪS in terrīs, quō temporibus nostrīs hībernīs hirundinēs commigrāre solent, rēx vīxit quondam, cui erant ūndecim fīliī, ūnicaque fīlia, formōsissima, Elīsa. Ūndecim frātrēs, fīliī rēgis, scholam frequentābant, stēllīs in pectoribus ornātī, ēnsēs in lateribus gerentēs, tabellīs aureīs ūsī et pennīs adamantinīs, perītīque erant legendī ē librīs, perinde ac sine; ūnō verbō, eōs fīliōs esse rēgis cognitū facile erat. Soror eōrum, Elīsa, in scabellō solēbat sedēre vitreō, libellum lēctitāns imāginibus illūstrātum ingentis pretiī. Prōlēs istae fēlīcissimae erant, at fēlīcitāte eā in perpetuum fruī, iīs datum nōn est.

Pater eārum, rēx, rēgīnam quamdam, mulierem perditissimam, dūxit uxōrem, quae ergā prōlēs nēquāquam hūmānam sē praestitit. Prōlēs expertae hōc sunt statim post nūptiās, dum hospitum turba in rēgiā usque superstitābat; nam quum puerī lūdō hospitum excipiendōrum sē diversitābant, locō bellāriōrum quantum vellent, patinam illīs arēnae plēnam, ac per lūdibrium nūntiārī iīs cūrāvit, ut fingerent sibi aliquid dēlitiārum sē habēre.

Septimānā īnsecūtā Elīsam ēducandam rūsticō cuidam in pāgō commīsit, ac pedetentim etiam dē fīliīs rēgiīs tanta mendācia commenta est rēgīque intimāvit, ut is ex eō tempore illōs nē vidēre quidem vellet. "Auferte vōs," clāmitābat rēgīna nēquam, "experīminī mundum, habeātis vestrī cūram ipsī. Mūtēminī in avēs, et āvolāte." Ipsa tamen eōs, quamquam volēbat, in nūllum genus reī foediōris immūtāre poterat; itaque fīliī rēgiī in olōrēs albōs sunt mūtātī. Hī itaque ēditīs īnsolitīs clāmōribus querulīs, ē fenestrīs rēgiae per lūcōs in sylvās ēvolārunt.

Usque erat prīmum māne quum Olōrēs locum praetervolāvērunt, ubi Elīsa in casulā rūsticī dormiēbat. Saepius circumvolitābant in sublīmī suprā tēctum casae, longa colla prōtendentēs, ālīsque strepentēs, sed nēmō eōs sīve videndō, sīve audiendō animadvertit; itaque necesse erat sē in sublīme, prope ad nūbēs attollere, et peregrē āvolāre. Prōsecūtī igitur sunt iter suum adversum lātissimās ātrāsque sylvās, quae hinc ad lītora maris usque sē prōtendēbant.

Misella Elīsa ante iānuam casae rūsticānae sedēns viridī foliō arboris sē diversitābat, quod nihil aliud lūdicrī habēbat. Forāmen terēbrābat in foliō ac per id sōlem speculābātur, quō sē fulgidōs frātrum oculōs vidēre fingēbat; et quotiēs radiī sōlārēs plēnē in genās suās fīgēbantur, ā frātribus deōsculārī sibi persuādēbat.

Ūnus diēs prōrsus ita praeterībat atque alius. Quotiēs ventus per rubōs, quibus casa ā fronte sēpta erat, perflābat, ipsa rosīs haec dictitābat: "Quisnam pulchrior vōbīs est?" sed rosae capita quassantēs respondērunt, "Elīsa." Quum vērō diēbus Solīs uxor rūsticī iuxtā iānuam casae sedēns libellum hymnōrum lēctitābat, ventusque per folia libellī perstrepēbat, rogāvitque, "Quisnam tē pietāte superat?" "Elīsa," libellus hymnōrum respondit. Nec quod rosae, libellusque hymnōrum respondērunt erat quidquam nisi vērum.

Quum Elīsa quīndecimum annum explēvit, rēgīna eam ad sē accīvit; et quum vīdisset quantā venustāte haec flōrēret, tantō magis ōdit eam, libenterque eam in ferum olōrem mūtāsset, propter rēgem tamen, quī suam nātam vidēre optābat, ausa nōn est.

Proximō itaque māne rēgīna intrābat lavātrīnam, in quā lābrum erat marmoreum. Lavātrīna sūmptuōsē erat īnstrūcta tapētibus, grabātō, pulvillīs. Rēgīna illīc trēs būfōnēs habēbat apparātōs, quibus deōsculātīs, ūnī mandāvit, "Tū in caput Elīsae dēsidēbis, ut ipsa tuī similis, hebēs ac torpida ēvādat." Alterī, "Tū autem in fronte eius tē collocābis, ut tuī similis, turpis fīat, ut ipse pater suus eam nē amplius nōverit," dēnique, tertiō, "Tū vērō pectus eius obsidēbis," susurrābat, "ut cor eius corrumpātur ac dēprāvētur, quod ipsam sē afflīgat."

Būfōnēs post haec in aquam limpidam immīsit, quae cōnfestim īnficī, ac viridēscere coepit. Tum accītā Elīsā, eam exuit, aquamque intrāre iussit. Būfōnum alter prōtinus in comam eius īnsēdit, alter in frontem eius irrēpsit, tertius dēnique in pectus eius sē applicuit; Elīsa tamen nihil hōrum animadvertere vidēbātur. Tandem quum sē ex aquā ēmersit, trēs flōrēs papāveris in superficiē aquae fluitāre pārēbant. Nisi būfōnēs venēnōsī, et ā sāgā ōsculātī fuissent, eam ob causam, quod in capite pectoreque Elīsae sēderant, in rosās mūtātī essent; Elīsa enim nimis erat proba, quam ut artēs magicae in eam effectum sortīrentur. Quum rēgīna hoc sēnsisset, tōtam cutim puellae succō gulliocae, pulchrum autem vultum foedō quōdam unguentō, quod et longōs suōs crīnēs tamquam glue compēgerat, oblēvit, post quae pulchella Elīsa nē agnōscī quidem poterat.

Ubi deinde sīc in cōnspectum patris adducta est, ille negāvit hanc suam esse fīliolam. Nēmō prōrsus eam agnōscere, et in societātem admittere volēbat, nisi molossus atque hirundinēs, at haec, animalcula misella, nihil quidquam eius grātiā ēloquī poterant.

Misella Elīsa nihil nisi plōrāvit, atque dē ūndecim frātribus, quōrum nūllum in rēgiā vīderat, continuō cōgitābat. Ineffābilī dolōre animī clam sē ē rēgiā ēripuit, tōtumque diem sōlitāria per agrōs ūdaque prāta errāvit, et sīc dēnique in sylvās dēvēnit. Omnium rērum orba, quō sē dīverteret, plānē ignōrābat et etiam moerōre ita erat obruta, ut nūllā aliā rē quam ārdentī frātrum, in mundum expulsōrum, dēsīderiō tenērētur, ut sēcum firmissimē statueret eōs requīrere atque reperīre.

Nōn diū errābat in sylvīs, quum in dēvia incidit, intereā advesperāscente, mox etiam nocte superveniente, dōnec in cālīginōsīs tenebrīs sōlam sē reperisset. Itaque sē in mollem mūscum dēmīsit, precibusque vespertīnīs Deō oblātīs, caput suum truncō arboris applicuit. Altissimum in sylvīs erat silentium; aura erat tepida, et in herbīs fruticibusque circum, centēnae cicindēlae (tamquam candentia sīdera) spargēbant languida lūmina sua virentia, et quotiēs quemlibet rāmum vel molliter attigerat, mītēs cicindēlae, tamquam cadentia sīdera, in sē dēcidēbant. Elīsa tōtā nocte dē frātribus somniābat. Omnēs iterum parvulī erant, lūdēbant ūnā, scrībēbant adamantinīs pennīs in pugillīs aureīs et aspectābant libellum pictum ingentis pretiī. Sed modo iam nōn rēctās aut curvās līneās, velutī ungulīs gallīnāceīs scalptās scrībillābant — iam sua praeclārē gesta, discrīmina superāta, dēscrīpsērunt, in libellō autem illūstrātō cūncta vīvere vidēbantur; aviculae rēvērā canēbant, virī atque mulierēs ē libellō ēgredī, atque cum Elīsā, frātribusque colloquī pārēbant.

Quum Elīsa ēvigilāvit, sōl iam longē scandēbat caelī fastīgia. Ipsa quidem hoc vidēre nequīvit, celsae enim arborēs sylvae frondōsōs suōs rāmōs inter sē cōnseruerant, unde foliōrum tegmen, ubi radiī sōlis eīs inciderant, aureī vēlī īnstar hūc et illūc oscillābant. Aura flōribus baccārumque odōribus frāgrābat, aliquae autem aviculae in humerōs, velutī in perticam, Elīsae dēscendēbant. Audiēbat etiam lenem susurrum aquae fluentis, scīlicet aliquot scatebrae in vīcīniā aquās suās in lacunulam commūnem miscuērunt, cuius fundum lapillī rārissimī ōrnābant; dēnsum erat undique dūmētum, sed dāmae vīcīnum amnem frequentantēs, callem extrīvērunt quem secūta Elīsa ad marginem amnis pervēnit. Aqua in amne ita erat clāra ac limpida, itaque tranquilla, ut nisi fruticēs in rīpīs lēnibus flābrīs agitātae fuissent, superficiem pictam tantum esse exīstimārēs, quandōquidem cūncta et singula folia ac frondēs, sīve in sōle micantia, sīve sub umbrā latentia, accūrātissimē reverberāret.

Simul atque Elīsa vultūs suī imāginem in aquā dēpictam cōnspexit, obstupuit, ita ātram ac turpem eam dēprehendit; quum tamen manūs suās parvulās aquae intīnxit, et oculōs atque supercilia, hūmectāvit, et dēfricuit, cutis sua iterum recanduit. Proinde Elīsa sē exuit, intrāvit aquam, et mox omne foedum pigmentum ita ēlūtum est, ut nūlla rēgia fīlia in omnī orbe terrārum eā nitidior ac pulchrior praedicārī posset.

Postquam sē iterum induerat, dēnsamque ac longam comam plexerat et concinnāverat, sē ad scatebram bullientem retulit, haustāque volīs aquā, sē refēcit, atque illinc ulterius in sylvam penetrāvit. Quō aut quōrsum itūra esset, nesciēbat, nec nisi dē frātribus dēque bonō Deō cōgitābat, quem sē nunquam dēsertūrum firmiter crēdēbat. Is enim est quī māla sylvestria, aliōsque frūctūs ac baccās ad cibandōs viātōrēs egentēs creāverat, quīque eam ad eiusmodī arborem, frūctibus gravātam perdūxit. Sub umbrā huius ipsa locō prandiī famem suam explēvit, et in signum grātī animī rāmōs onere pendulōs suffulsit, post quae iter suum sub opācā sylvae umbrā prōsecūta est. Silentium adeō erat altum, ut sonum mollium gressuum suōrum, strepitumque marcidōrum sub pedibus foliōrum audīret. Nūllae avēs sē vīsuī obtulērunt, nūllum iubar sōlis opāca foliōrum perfringēbat, truncīque celsārum arborum tam dēnsē stābant, ut quum ipsa sōla prōrsum tenderet, sibi quasi crātibus circumsēpta esse vidērētur. Tanta, ēheu, erat in hāc sylvā sōlitūdō, quantam Elīsa nunquam anteā cognōverat.

At quantae erant tenebrae noctū — nē ūnica quidem cicindēla lūmen suum profundēbat. Trīstitiā moerōreque affecta ad dormiendum dēcubuit. Tum sibi frondēs in sublīmī, suprā sē, lēniter dīvellī, Deīque cūstōs Angelus, benevolō vultū in sē dēspectāre vidēbātur, mīllēnīs Cherubim stīpātus. Quum māne expergēfacta est nōn sibi prōrsus cōnstābat, utrum vīsiō somnium fuisset, an ipsa rēvērā sīc cūstōdīrētur.

Hīs cōgitātīs prōsecūta iter, obvia fit cuidam anuī baccās in quasillō gerentī. Anus eam allocūta, aliquantulum baccārum eī dedit, tum Elīsa grāta quaesīvit ex eā, utrum ūndecim fīliōs rēgiōs perequitantēs sylvam, usquam vīdisset.

"Nōn vīdī," refert mulier, "sed heri ūndecim Olōrēs cum aureīs diadēmatibus in capitibus deorsum amnem, prope ab hōc locō deorsum nantēs, meminī mē vīdisse."

Hīs dictīs Elīsam adversum praecipitium, ad cuius pedēs rīvulus praeterlābēbātur, dēdūxit. Ex utrāque rīpā arborēs rāmōs suōs frondōsōs utrimque prōtendēbant; ubi autem hī inter sē nōn attingēbant, rādīcēs ē terrā prōrēpsērunt, fibrīsque interplexīs, rīvulum operuērunt.

Elīsa hīc vetulae urbānē valedīxit, iterumque sōla secundum rīpam commodē dēambulābat, dōnec ad ōstium eius, ubi mare īnfluēbat, pervēnit.

Vāstum mare pulcherrimum ante pedēs virginis sē prōpandēbat, sed nūlla nāvis, nūlla scapha, vīsuī sē obtulērunt; quōnam modō nunc iter suum prōsequī poterat? Intereā animadvertit in lītore innumerābilēs lapillōs, quōs undae in fōrmam globulōrum obtrīvērunt. Vitra, ferra, lapillī, et quidquid aliud ibi iacēbat sparsum, in certās fōrmās redācta erant, atquī aqua, quae hās mūtātiōnēs effēcerat, longē erat mollior quam dēlicātae, parvae manūs Elīsae. "Undae fluctuant indēfessae," cōgitat sēcum Elīsa, "atque superant etiam dūrissima: sīc et ego, nunquam dēfatīgābor! Grātiam vōbīs habeō ob doctrīnam mihi impertītam, ō undae micantēs ac fluctuantēs! Cor meum futūrum augurātur, ut vōs mē ad dīlēctōs meōs frātrēs pervehātis!"

Ulterius dispiciēns, Elīsa cōnspicātur in ūdīs algīs ūndecim pennās olōrum; Elīsa hās collēgit. Guttae aquae illīs haerēbant, utrum rōris, an lacrymārum, ipsa ignōrābat. Hīc in lītore ipsa sōla erat, nec hoc cūrābat. Mare etenim aeternam eī varietātem offerēbat — certē multō plūs in paucīs hōrīs, quam lēnēs aquae mediterrāneae per tōtum annum eī exhibēre potuissent. Sīquandō nūbēs ātra in sublīmī praetervehēbātur, mare respondēre vidēbātur:

"Ego quoque ātrum pārēre queō." Quum vērō ventus mare ēverberābat, undae albam spūmam sūrsum iactābant; sī vērō nūbēs rubrō erant tīnctae, flābra vērō quiēscēbant, mare quoque rosāceā pompā nitēscēbat. Mare modo viride, modo albidum erat, sed nunquam penitus tranquillum. Subinde levia flābra in lītore cursābant, quum aquae lēnī nīsū turgēscēbant, tamquam pectus puerulī dormientis.

Occidente sōle Elīsa animadvertit ūndecim Ferōs Olōrēs cum aureīs diadēmatibus in capitibus, adversum littus volantēs. Alter pōne alterum volābat, speciemque vittae in longum pānsae prae sē ferēbant. Elīsa verticem praecipitiī cōnscendit, ibique pōne dūmum sē occuluit; Olōrēs prope eam dēscendērunt, longās ālās suās vibrantēs.

Sōle sub aquās mergente, Olōrēs quoque ēvānuērunt, eōrumque in locō ūndecim fīliī rēgiī, frātrēs Elīsae, compāruērunt. Elīsa ācriter exclāmābat, nīmīrum, licet ipsī in figūrā perquam essent immūtātī, ipsa prō certō sentiēbat eōs esse — esseque dēbēre — suōs frātrēs. Itaque cōnfestim in eōrum brāchia convolāvit, quemque suō nōmine appellāns. Quis ēnārrāverit omnium fēlīcitātem, quum frātrēs vīdissent et agnōvissent suam sorōrem, quae iam ita accrēvisset, tamque pulchra ēvāsisset! Cūnctī eōrum iam rīsērunt, iam flēvērunt, quum interim impium scelus novercae suae contrā sē recoluissent.

"Nōs," fārī coepit frātrum adultissimus, "usque

eō volāmus, aut nāmus, dum sōl sē suprā horīzontem continet, quum vērō occubuit, hūmānam fōrmam induimus. Hinc necesse est ut sēcūrum quemdam locum quiēscendī prōspiciāmus, secus enim, sī tempore occasūs in sublīmī versārēmur, simul ac fōrmam nostram reciperēmus, praecipitēs caderēmus. Nōn hīc locī habitāmus; aequē pulchra regiō atque haec iacet in adversā ōrā maris, sed admodum dissita. Ad eō perveniendum necesse nōbīs est alta maria pervolāre, nec ūlla in mediō est īnsula, in quā noctū conquiēscere queāmus; ūnica ex undīs ēminet rūpēs, in quā satis spatiī reperīmus ad exigendam noctem, alter iuxtā alterum arctē stantēs. Noctēs ibi agimus in fōrmā hūmānā, ubi marī aestuante aspergine madēmus; nihilō tamen sēcius, ob hunc quiēscendī locum grātī sumus, aliōquīn chāram nostram patriam vīsere nunquam possēmus.

"Hās tamen patrum nostrōrum sēdēs vīsere nōbīs semel tantum in annō licet. Ad hūc pervolandum duōbus egēmus diēbus, hīc morārī autem ūndecim nōnnisi diēs licet, quō tempore vāstam hanc sylvam pervolāmus, unde rēgiam solēmus speculārī, ubi ter noster habitat, turrimque templī, in quō māter nostra sepulta iacet. Etenim hīc vel arborēs ac fruticēs cognātae nōbīs pārent; hīc equī indomitī campōs solūtī usque persultant, utī temporibus pueritiae nostrae; hīc carbōnāriī usque eās melōdiās ad numerōs modulantur, ad quōs puerī saltāre solēbāmus;

dēsīderiō huius usque tenēmur; ac, dēnique, hīc tē, dīlēcta sororcula, reperīmus! Ad hīc morandum usque bīduum nōbīs superest, tum ad perveniendum in alteram regiōnem, quae pulchra quidem est, sed nōn nostra patria, mare nōbīs trānsvolandum erit. Quīnam tē nōbīscum vehēmus? Nūlla nōbīs nāvis est!"

"Quīnam vērō ego vōs dīmittam?" quaerit soror. Et sīc dē rēbus suīs ferē tōtam noctem collocūtī, vix paucās hōrās dormīvērunt.

Posterō māne Elīsam ālārum sonitus expergēfēcit, quae suprā sē agitābantur. Frātrēs suī iam iterum immūtātī fuērunt, ac per aliquod tempus magnīs circuitibus circumvolitārunt. Tandem ūnicō — nātū minimō — relictō, in longinquum āvolāvērunt. Hic capite suō in gremium sorōris reclīnātō, ipsa eius ālās candidās dēmulcēbat; hī tōtum diem ūnā ēgērunt. Circā vesperam reliquī quoque revertērunt, atque sōle occumbente in terrā firmā, et in fōrmā hūmānā, cōnstitērunt.

"Crās iterum āvolābimus," ūnus eōrum monēbat sorōrem, "nec fortasse hūc intrā annum revertēmur; sed nōs tē hīc relinquere nōn possumus; audēsne nōs comitārī? Brāchia mea ad pervehendam tē per sylvam satis fortia sunt; num ālae nostrae ad pervehendam tē ultrā mare vīribus satis nōn polleant?"

"Ita, sānē, tollite mē hinc vōbīscum, frātrēs, obsecrō," flāgitat Elīsa.

Tōtam igitur noctem sēdulō labōre mattam ē scirpīs vīminibusque lentīs ac firmīs texendō ac plectendō ēgērunt, quae quidem tenācissima erat. Elīsa in eam dēcubuit, atque sōle ortō, quum frātrēs iterum in Ferōs Olōrēs sunt versī, hī mattam rōstrīs prehendentēs, inter nūbēs subvolāvērunt sorōrem ferentēs, quae usque dormiēbat. Quoniam vērō radiī plēnā vī in vultum eius incidērunt, ūnus olōrum suprā caput eius subvolāns, vultum eius suā largā ālā obumbrābat.

Quum Elīsa ēvigilāvit, ā terrā iam longē aberant, quae tamen sibi usque somniāre vidēbātur, tam īnsolitus eī volātus per āera suprāque maria pārēbat. Iuxtā sē, in mattā, racēmum reperit suāvium baccārum, atque fasciculum sapidārum rādīcum. Frāter nātū minimus haec collēgit et apparāvit; ipsa grātiam eī nūtū, et in eum renīdēns, reddidit, nōvit enim hunc velut eum olōrem, quī suprā sē volāns, ālīs sē obumbrāvit.

Volābant autem tantā in altitūdine, ut prīma nāvis quam cōnspexerant īnfrā sē, fulicae albae vel larī aquās ālīs verrentis speciem praebēret. Pōne sē Elīsa magnum cumulum nūbium, tamquam montis, in eō autem propriam, et ūndecim olōrum umbrās ingentēs cōnspexit dēpictās; hae figurae praestantiōrem imāginem eī praebēbant, quam unquam anteā vīderat. Sōl intereā altius ascendit, nūbēs longius relicta est, quum etiam fluctuāns et umbrātilis imāgō absorpta est.

Tōtum diem volātū, tamquam sībilantis sagittae, explēvērunt, et tamen solitō lentius — sorōrem enim vehere dēbēbant. Circā crepusculum tempestās orīrī vidēbātur. Elīsa sōlem ad occāsum vergentem nōn sine sollicitūdine observābat, nec tamen rūpēs sōlitāria in cōnspectū erat. Etiam animadvertit Olōrēs ālīs suīs āerem vī adauctā verberāre. Ēheu! nisi frātrēs suī statō tempore in scopulō pervēnissent, suā culpā id fieret! Sōle occidente iī in fōrmam hūmānam redīrent; quodsī fieret, antequam scopulum attigissent, in mare dēciderent, undīsque haurīrentur. Precibus Deum ārdentissimē invocābat — et rūpēs necdum sub oculīs erat; ātrae nūbēs appropinquābant — ventōrum crēbriōrēs impetūs adventum tempestātis indicābant — nūbēs ingentī turgōrī maris incumbēbant, quī vehementī vī prōrsum volvēbātur — fulgurum ūnum alterum sequēbātur.

Iam sōl marginem pelagī attrectābat. Cor Elīsae violenter pulsāre coepit; Olōrēs tantā celeritāte deorsum ferēbantur, ut ipsa sibi cadere vidērētur, sed illī sē iterum recēpērunt. Sōl modo iam ad dīmidium aquīs mersus erat, quum dēmum ipsa parvam rūpem īnfrā sē cōnspicātur; eadem caput phōcae aequāre pārēbat, quum haec sēsē ex undīs effert. Sōl vērō properē mergēbātur — iam vix maior esse astrō pārēbat. Ipsō mōmentō pedēs eius solidum attigit, quum sōl omnīnō ēvānuit, tamquam ultima scintilla exustae chartae. Frātrēs eius brāchiīs iūnctīs eam circumsistēbant, nec plūs spatiī amplius superfuit. Undae cautem ferōciter verberābant, spūmam asperginemque saeviter eīs iniicientēs; caelum continuīs fulguribus flagrāre vidēbātur, et crēbra tonitrua, alterum post alterum boantia resonābant, vērum soror frātrēsque firmīs manibus sēsē tenēbant. Interim psalmum concinēbant, quī cantus corda sua mīrā fortitūdine cōnfirmāvit.

Circā dīlūculum caelum clārescēbat, mare resīdēbat, aura autem pūrior eōs reficiēbat, et quamprīmum sōl ascendere coeperat, Olōrēs, sublātā Elīsā, dē rūpe āvolāvērunt. Undae interim sēnsim turgēscere coepērunt, et quum ē vīcīniā nūbium in mare glaucum, spūmā albā quāquāversum candicāns, dēspectābant, īnfīnītō agmine olōrum obsessum esse sibi facile fingere poterant.

Prōgrediente diē Elīsa in āere ante sē prōspectābat terram montibus intermixtīs glaciālibus asperam, quōrum in mediō, locō ēditiōrī, cum lēnī dēclīvitāte, cōnspicābātur castellum, in longitūdinem circiter ūnīus mīlliāriī, cum porticibus, ūnā suprā alteram, palmētīs, sub quibus flōrēs, aspectū, fōrmīs, ac magnitūdine mīrī vigēbant, quōrum nōnnūllī rotās molārum magnitūdine aequāre vidēbantur. Ipsa quaerēbat ab Olōribus, utrum haec esset regiō quam advolāre cōnārentur, sed Olōrēs abnuēbant, quoniam castellum quod vīderat, palātium erat dīae Morgānae, quō nēmō mortālium accessum habēret; atque dum Elīsa oculōs usque eō dēfīxōs habēbat, montēs, arborēs, castellum, cūncta subitō ēvānuērunt, et in eōrum locō duodēna templa celsīs cum turribus cacūminātīs fenestrīs stābant. Ipsa sibi canōrōs organī sonōs audīre fingēbat, id tamen murmur pelagī erat. Interim ipsa templīs hīs propius advecta erat, sed, ēheu! eadem in classem magnārum nāvium īnfrā sē praeterlābentium mūtāta erant. Iterum dēspectat et videt id tōtum nebulam marī incumbentem ac praeterfluentem esse. Aeterna rērum mūtātiō ac varietās itaque ante oculōs suōs fluitābat, et tamen, postrēmō, terra quō cursum suum dīrigēbant, in cōnspectum vēnit. Speciōsī montēs līvidī, arborēta cedrina, oppida et castella sēnsim sub oculōs cadere coepērunt. Elīsa, longē ante occāsum sōlis ante ingressum spatiōsī antrī, in quādam convallī montium sedēbat, sub umbrā hederārum rēpentiumque vītium, quae aditum adīnstar tapētae magnā arte textae, occulēbant.

"Nunc iam observābimus," affātur Elīsam frāter nātū minimus, dum partem cavī eī exhibēbat, ubi ipsa habitātūra erat, "quid in somniō hāc nocte vīderis!"

"Ō, utinam in somniō arcānum mihi revēlārētur, quemadmodum vinculum fascinī, quod vōs tenet, solvere possem!" refert ipsa, et haec cōgitātiō tōtum eius animum occupāvit. Auxilium Deī omnī ārdōre flāgitābat, nē in tenebrīs quidem precārī dēstitit, dōnec sibi sē in sublīme tollī, ac per āera Morgānae castellum versus rapī in somniō vidērētur. Dīa castellī sibi obviam veniēbat, pulchritūdine radiāns, nihilō tamen sēcius, ut ipsa sibi fingēbat, haec similitūdinem ferēbat anūs, quae sibi in sylvā baccās dedisset, dēque Olōribus, aureās corōnās gerentibus, locūta esset.

"Quīn frātrēs tuōs līberāre poteris," docet ipsa, "at vērō, satisne valēs animī fortitūdine atque patientiā? Aqua utique mollior est manibus tuīs dēlicātīs, illa tamen dūrissimōs silicēs ad arbitrium fōrmāre valet. Vērumtamen illa dolōribus, quōs digitī tuī sustinēre dēbēbunt, nōn afficitur; ea corde nūllō est praedita, prohinc nec ūllā sollicitūdine angōribusque afficitur, quī tibi sunt sustinendī. Vidēsne istās ustulantēs ac mordācēs urtīcās, quās ego in manū teneō? Huius generis plūrimae vigent circā antrum ubi tū habitās. Nūllae, nisi quae illīc, aut vērō in sepulcrētīs crēscunt, valent – hoc memineris! Eās tē legere oportēbit, quamvīs manūs tuās pupugerint et ustulāverint; urtīcās nūdīs pedibus calcāveris, et ex fibrīs eārum fīla ēliciēs; ex hīs vērō texēs ūndecim subūculās cum longīs manicīs; hās ūndecim Olōribus Ferīs iniiciēs, ac tum dēmum vinculum fascinī rumpētur. At oblīvīscī nōlitō ab eō temporis mōmentō, quō opus tuum aggressa fueris, usque ad fīnem, etiamsī annōs in opere exēgeris, nē verbum quidem prōtuleris; prīmā enim syllabā, quae tibi imprūdentī exciderit, erit tamquam pūgiō, incīdēns in corda frātrum tuōrum; in tuā linguā velutī in cardine, vītae eōrum versantur. Haec dīligenter attende!"

Eōdem mōmentō dīa manum Elīsae urtīcā contrectāvit, quae manum suam flammae īnstar ussit, tunc Elīsa cōnfestim ēvigilāvit. Multō iam diē surgēns, cōnspicātur iuxtā strātum suum urtīcam, cuius exemplar in somniō vīdit. Positīs cōnfestim genibus, grātēs Deō retulit, et ad opus suum inchoandum, ex antrō prōdīvit. Repertīs cōpiīs urtīcārum, venēnōsam et ingrātam hanc plantam propriīs manibus legere coepit; venēnum urtīcae crēbrās et magnās pustulās in manibus ac brāchiīs suīs cīvērunt, ipsa tamen dolōrem spē frātrum līberandōrum aequō tulit animō. Urtīcās nūdipēs trīvit, et līcia inde ēvulsa in fīla nēvit.

Post sōlis occāsum frātrēs vēnērunt. Silentiō Elīsae nōn parum perterritī sunt, exīstimābant enim id orīginem dēbēre incantāmentō ā novercā impiā iam anteā ēditō; vērumtamen vīsīs eius manibus pustulātīs, sēnsērunt sorōrem operī esse suā gratiā susceptō intentam. Frāter nātū minimus in flētum solūtus est, quum vērō lacrymae suae eius manibus incidissent, Elīsa dolōre levābātur — pustulae ēvānuērunt.

Ipsa tōtam noctem labōre exēgit, nōn enim quiētī locum cēdendum exīstimābat, dōnec frātrēs līberāsset. Perinde tōtum diem posterum in sōlitūdine labōrāns agēbat, quod Olōrēs āvolārunt; tempus tamen nunquam tam celeriter praeterīvit. Iam ūna subūcula fīnīta pendēbat, nunc iam alteram incēpit.

Subitō cornū vēnāticum in vallibus resonābat. Elīsa conterrita est. Sonus sēnsim appropinquābat; mox et vertagōs lātrantēs exaudīvit. Terrōre perculsa Elīsa in penetrālia antrī cōnfūgit, urtīcīs in manipulōs colligātīs et carminātis quibus dein superīnsēdit.

Eōdem pūnctō temporis vertagus ingēns ē dūmētō prosiliit, duōbus aliīs comitantibus. Hī saevē lātrābant, tum discurrēbant, mox iterum revertērunt. Haud multō post ipsī vēnātōrēs ante ingressum antrī compāruērunt, quōrum venustissimus ipse erat rēx istīus regiōnis. Is ad Elīsam accessit, quā pulchriōrem virginem anteā   vīderat nunquam.

"Quīnam contigit, puellula," fātur rēx, "ut tū hūc venīrēs?" Elīsa nihil nisi caput quassābat; loquī ausa nōn est; quod vel verbum suōs frātrēs perdidisset, manūs autem sub praecīnctōriō suō abscondit, nē rēgī, quantopere paterētur, innōtēsceret.

"Venī mēcum," inquit rēx, "hīc tibi morārī nōn licēbit! Sī tē tam probam, quam es pulchra, praestiteris, sēricā atque purpurā tē induam; corōnam auream capitī tuō impōnī cūrābō, faciamque ut in rēgiā meā habitēs!" Eam itaque in equum sublevāvit, ipsā flente, manibusque supplicante; at rēx: "Nihil nisi fēlīcitās tua mihi cordī est," inquit, "futūrumque est ut aliquandō ob id grātiās mihi referās," quibus dictīs abequitāvit trāns montēs ac vallēs, eam in equō ante sē sustinēns, reliquīs vēnātōribus ā tergō sequentibus.

Circā occāsum sōlis, urbs rēgis capitālis magnifica, cum templīs ac turribus, ante sē iacēbat, atque rēx Elīsam rēctā in rēgiam dētulit, ubi in amplissimō peristȳliō marmoreō fontēs saliēbant, parietēs autem atque lacūnāria pulcherrimīs imāginibus pictīs erant decōra. At Elīsa haec ōrnāmenta, et hunc splendōrem naucifaciēbat; silēns fīēbat ac lūgēbat, etiam dum domesticī rēgiīs tunicīs ac stolīs eam amiciēbant, pretiōsāsque margarītās comae suae interplectēbant, atque mollia manucia manibus suīs pustulātīs indūcēbant.

Nunc vērō, ubi ipsa regiō splendōre indūta atque ōrnāta in mediō stābat, pulchritūdō eius ita effulgēbat, ut cūnctī aulicī eam stupentēs sēsē profundē ante eam prōclīnārent, rēx vērō eam in spōnsam sibi ēlēgit, tametsī Archiepiscopus caput quatiēbat, clamque susurrābat, sub speciē istīus pulcherrimae virginis sylvestris sine dubitātiōne sāgam dēlitēscere, quae adstantēs obcoecāsset, rēgī autem eam dēpereuntī caput vertisset.

At rēx cūncta haec sprēvit. Locō hōrum chorum mūsicum accersī, convīviumque maximē opiparum apparārī iussit; virginēs fōrmōsissimae adductae nympham circumsaltābant, tum ipsa per frāgrantēs hortōs in aulās magnificās dēdūcēbātur; nihil tamen hōrum vel ad placidē renīdendum, nec vel radiolum fēlīcitātis ex oculīs eius ēlicuērunt. Nunc rēx parvulum cubiculum, contiguum Elīsae dormītōriō aperuit; id sūmptuōsīs tapētis viridibus erat īnstrūctum, et in accūrātam similitūdinem antrī erat cōnfōrmātum, ubi ipsa reperta est. In tabulātō iacēbat manipulus fīlōrum, quae ex līciīs urtīcārum nēverat, ē pariete autem subūcula pendēbat, quam cōnsummāverat. Ūnus vēnātōrum, quī in hīs aliquid mīrī autumābat, haec omnia attulit.

"Hīc," inquit rēx, "licēbit tibi dē prīscā tuā domō somniāre; hīc autem reperiēs tōtum tuum opus quō occupābāris; etenim in mediō omnis huius splendōris, haud dubiē aliquandō tē iuvābit praeterita, in antrō tē dēgere fingendō, recolere."

Vīsīs iīs rēbus, quae sibi maximē cūrae erant, lēnī subrīsū respondit, colorque in genās suās iterum redīre coepit. Ipsa etenim usque spērābat sē frātrēs redimere posse, et hinc manūs rēgis deōsculāta est. Hic eam amplexātus, cordī admōvit, ac tum omnēs campānās templōrum suae urbis pulsārī iussit, suāsque nūptiās celebrārī per praecōnēs prōclāmārī imperāvit. Pulchra virgō mūta sylvārum, Rēgīna eius rēgnī ēvāsūra erat.

Vērum Archiepiscopus verba nefāria in aurēs rēgis susurrābat, quae tamen eum minimē mōvērunt; sōlemnia nūptiārum perfecta erant, atque Archiepiscopus ipse invītus corōnam capitī eius imposuit. Super hoc indignātus, ōrās arctī annulī corōnae ita capitī eius impressit, ut prae dolōre eam perstringerent, at vērō dolor longē gravior — moeror lūctuōsus ob frātrēs — cor eius magis gravābat, nec proin dolor corporis eam affēcit. Ipsa usque silēre perrēxit — vel ūnicum enim vocābulum frātrēs suōs perdidisset; attamen oculī suī amōre rēgis, tam bonī, tamque fōrmōsī, quī ad fēlīcitātem sibi parandam tantum contulerat, mīrē radiābant. Ipsa sē in diēs eī arctiōrī vinculō dēvincīrī sēnsit. O, quantopere cupiēbat illī omnēs animī angōrēs atque cruciātūs cōnfīdere; at silentium sibi cūstōdiendum erat; ēloquī, dōnec tōtum opus absolvisset, eī licitum nōn erat. Ad opus igitur accelerandum, clanculum quāque nocte intrāvit cubiculum in speciem antrī īnstrūctum; illīc operī, subūculās parandī sē accīnxit, vērumtamen quum ad septimam subūculam parandam pervēnisset, reperit sē tōtum suum penū exhausisse.

Eam interim nōn praeterībat urtīcās, quibus ipsa egēbat, in sepulcrētō prōcreārī, sed necesse erat eās propriīs colligī manibus; quī nunc possit eās comparāre?

"Quid, mē Castor, dolōrēs manuum sunt cum cruciātū animī meī comparātī?" quaerēbat abs sē. "Audēre mē oportēbit sepulcrētum adīre; Deus ille Optimus et Maximus, tūtēlam suam, cōnfīdō, nōn negābit."

Pavida, acsī quid improbī mōlīrētur, quādam nocte, lūnā illūstrī, fūrtim in hortum dērēpsit, atque trāns longās urbis platēās dēvēnit in viam sōlitāriam in sepulcrētum dūcentem. Illīc animadvertēbat in quōdam largissimō cippōrum nōn paucās sedēre senēs ac foedās sāgās. Elīsae prope ad eās praetereundum erat, quum sāgārum nōnnūllae oculōs suōs nēquam in eam dēfīxērunt; vērum ipsa precēs suās recitāns urtīcās pungentēs colligēbat, collēctās sēcum in palātium reportāvit. Ūnicus tantum eius reī testis fuit — Archiepiscopus; is enim, quum aliī mortālēs dormiēbant, vigilābat. Nunc iam omnīnō persuāsus erat aliquid ā rēgīnā nōn probē gerī; eam sāgam esse oportēre, quae incantāmentīs et rēgem, et ūniversum populum, corrūpisset.

Occāsiōne itaque oblātā Archiepiscopus docuit rēgem quid ipse vīdisset, et quid verendum putāret; quum vērō statuae sānctōrum haec verba maledica, in templō prōlāta, audīvissent, capita feruntur quassāvisse, quasi dīcerent, "Nōn est vērum; Elīsa īnsōns est!" At vērō Archiepiscopus portentum hoc prōrsus aliter interpretātus est; id testimōnium esse contendit contrā eam, quum sānctī, audītīs rēgīnae dēlictīs, capita singulī quassāvissent.

Duae maiōrēs guttae lacrymae per mālās rēgis dēvolvēbantur. Dubitābundus domum redīvit. Nocte subsecūtā dormīre sē simulābat, licet somnus eum vītāvisset. Itaque animadvertit Elīsam, mōre suō, ē lectō surgere singulīs noctibus, ipse vērō perinde quāque nocte surgēns, secūtus eam est clanculum, vīditque eam suum parvum cubiculum intrāre.

Animus rēgis in diem magis contrīstārī coepit; id Elīsam nōn praeterībat tametsī causam ignōrāsset.

Mūtātiōnem rēgiī animī aegerrimē ferēbat, at quantōs dolōrēs cordis ipsa nōn ferēbat grātiā suōrum frātrum! Lacrymae ex acerbitāte sibi oboriēbantur, ac per rēgiam purpuram dēcurrēbant, tamquam adamantēs. Aliī, quī testēs erant suae magnificentiae, sortem eius invidēbant. Circā haec tempora, praeter ūnicam, iam omnēs subūculae parātae erant. At, prō dolor, et fīla dēficiēbant — nē ūna quidem urtīca supererat. Sibi semel tantum, nec amplius, in sepulcrētum prōdeundum erat, pugillusque afferendus. Nōn sine tremōre dē eā sōlitāriā ambulātiōne, ac dē horridīs sāgīs sēcum cōgitāvit, quod tamen sēcum dēcrēverat, tam erat firmum, quam sua in Deō fīdūcia.

Elīsa prōdīvit, rēx autem, atque Archiepiscopus sēcrētō eam sequēbantur, testēsque fuērunt oculātī eius in sepulcrētum ingressūs. Quum hī propius vēnissent, vīdērunt sāgās in cippō sedentēs, ut Elīsa eās vīderat; rēx sē āvertit, quippe quī crēdidit eam, quae ipsa hāc nocte caput suum in pectus eius reclīnāvisset, inter illās versārī. "Estō, iūdicet ergō eam populus!" ait rēx. Populus autem eam flammīs adiūdicāvit.

Rēgīna itaque ē splendidīs rēgiae aulīs in opācum ūvidumque carcerem abrepta est, ubi ventus clāthrātam fenestellam cum sībilō perflābat. In locum holosēricae urtīcās, quās ipsa collēgerat, eī attribuērunt, in hās caput eī dēclīnandum erat. Subūculae, quās tēxerat, sibi vice culcitrae atque vice lōdīcis erant servītūrae. Attamen hī Elīsae nihil praestantius tribuere poterant quam ipsās hās rēs, namque opus suum prōsequī poterat, simul etiam eādem fīdūciā ad Deum precēs fundēbat.

Tempore crepusculī strepitum ālārum extrā clāthrā inaudīvit Olōrum. Hic frāter erat suus nātū minimus, quī sorōrem dēnique repererat, quae prae gaudiō in singultūs ērūpit, quamvīs proximam noctem sibi ultimam fore cognōvisset; vērumtamen opus suum ferē absolūtum iam erat, frāter autem ad manum.

Interim Archiepiscopus advēnit, ut ultimam vītae Elīsae hōram, secundum prōmissum rēgī datum, cum captīvā exigeret; vērum ipsa capite abnuit, atque oculīs, manuumque gestū, eum abīre iussit. Scīlicet haec erat nox, quā opus suum ad fīnem perdūcendum erat, aliōquīn omnia mala, quae adhūc pertulisset — dolōrēs corporis et animī, noctēs īnsomnēs — incassum fuissent. Archiepiscopus multīs verbīs īrātīs tandem discessit, vērum īnfortūnāta Elīsa suae innocentiae prōrsus cōnscia erat, prohinc opus prōsequēbātur suum.

Mūsculī parvulī intereā sōlerter hūc et illūc cursābant, urtīcās ad pedēs eius dēvehendō, opem illī afferentēs; turdus autem clāthrīs ferreīs īnsidēns, tōtam noctem sonōrā vōce cantilāns, eam sōlārī cōnābātur, nē fortitūdō animī Elīsae dēficeret.

Sōl necdum surrēxit; ūnā hōrā ante ortum, dīlūculō, quum ūndecim frātrēs ante portam rēgiae stābant exaudīrī ā rēge flāgitantēs; sed respōnsum tulērunt id fierī nōn posse, quod usque nox esset, rēx usque dormīret, nec aulicī eum suscitāre audērent. Frātrēs nōn cessārunt, ulterius supplicābant, minābantur, praesidium prōdībat, dēnique et ipse rēx ēgressus scīscitābātur, quid reī gererētur. Eōdem mōmentō sōl exortus est, nec frātrēs amplius cōnspicī poterant, atque ūndecim candidī Olōrēs suprā palātium ēvolāre vīsī sunt.

Interim magna hominum multitūdō extrā portās urbis prōflūxit, combustiōnem sāgae videndī cupida. Dēcrepitus quīdam caballus ductābat carpentum quod Elīsam vehēbat; amicta ipsa erat saccāriō amictū, longī suī crīnēs passī in humerōs dēfluēbant; genae suae cadāverōsē pallēbant; labella nervōsē agitābantur, dum digitī suī usque texēbant viridia fīla; quippe quae opus suum nē tunc quidem intermittēbat, quum ad supplicium raperētur. Decem subūculae parātae ante pedēs eius iacēbant nunc iam ūndecimam ad fīnem perdūcere satagēbat. Quisquiliae plēbis eam contumēliīs lacessēbant.

"Cernedum sāgam, ut mussat! Nē libellum quidem precum manū gestat; nae, illīc sedet cum suā fascinātiōnis apparātū; ēripe eī; carpite in mīlle frustula!"

Iam multī in eō erant ut impetum in eam mōlīrentur, subūculāsque eī ēriperent, quum ūndecim candidī Olōrēs plaustrum versus advolābant. Cūnctī circum eam cōnsēdērunt ālīs dīmicantēs. Turba perterrita diffūgit.

"Signum hoc certē dē caelō est! Profectō ipsa īnsōns est!" aliquī susurrābant, ēlātā tamen vōce id praedīcāre nōn audēbant.

Modo carnifex manum eius apprehendit — ipsa eōdem mōmentō ūndecim subūculās Olōribus iniēcit, et cōnfestim ūndecim fōrmōsī Prīncipēs Olōrum locō compāruērunt. Frāter tamen minimus nātū ūnum nōnnisi brāchium nactus est, locō autem alterīus, ālam, quandōquidem subūcula ūnam tantum manicam habēbat — alterā necdum plānē fīnītā.

"Iam modo fās mihi est loquī," tandem ēloquitur Elīsa. "Sum īnsōns!"

Nunc vērō hominum turba, testis oculātus ēventūs, sē cum magnā reverentiā, tamquam ante sānctam, profundē sē prōclīnāvit. At ipsa, ex tam diūturnā tacitāque exspectātiōne, ex angustiīs animī, dolōribusque corporis nimis aegra, in brāchia frātrum intermortua concidit.

"Ita, sānē," fātur nunc frāter nātū maximus, "ipsa omnīnō īnsōns est," ac postmodum circumstantī hominum frequentiae ex ōrdine nārrāvit suam omnium historiam. Dum ipse huic nārrātiōnī erat intentus, mīra circumquāque frāgrantia sē diffundēbat, acsī centēna et mīllia rosārum suāvissimō odōre mānārent; etenim, quodque frustum lignī, ē quibus coacervātus rogus erat, rāmulōs ēmittēbat, rādīcibus in terram altē fīxīs; item, sēpēs rosārum vīva

Elīsam undique incīnxit, ac prae omnibus aliīs ūnus quīdam flōs fulgidī candōris, velutī stellae, lūmine radiāns, illīc ēnitēbat. Rēx istum dēcerpsit, et in sinum Elīsae collocāvit, quō factō, Elīsa ad sē, pāce, laetitiā, et gaudiō in corde rediit.

Hōc mōmentō omnēs campānae templōrum suā sponte sonāre coepērunt, avium catervae ad eum, ubi hī stābant, locum, convolāvērunt, unde mox sōlemnī agmine, cui simile nūllus unquam rēx vīderat, in rēgium palātium retrō itum est.

Fīnis

CERASULA

ALIQUANDŌ, alicubi vīxit rēx, cui erant trēs fīliī. Nōn adeō procul ā fīnibus suī rēgnī senex quaedam mulier habitābat, quae ūnicam habēbat fīliam, cui nōmen erat Cerasula. Rēx quondam dīmīsit suōs fīliōs ut mundum experīrentur, ad discendōs mōrēs aliārum gentium, sibique peregrī sapientiam, dexteritātemque comparārent rēgnum moderandī, quod ōlim suum erat futūrum. Mulier vērō senicula intereā vītam domī suae cum fīliā in pāce ac tranquillitāte dēgēbat, quae Cerasula proptereā appellābātur, quod cerasa cūnctīs aliīs esculentīs longē antepōnēbat, ac vix ūllō aliō alimentō vēscēbātur.

At senex mātercula nūllum pōmārium habēbat, nec pecūniam, quā fīliae suae quotīdiē cerasa emeret; ac, postrēmō, nūllus alius comparandī supererat modus, nisi ut ipsa nonnās adīret vīcīnās, quae spatiōsum habēbant pōmārium attiguum, et ab illīs quae posset optima efflāgitāret; nīmīrum fīliam extrō

"

mittere nōn audēbat, ipsa enim adeō erat pulchra, ut māter, nequod facinus illī accideret, satius dūxit eam domī continēre, et ipsa negōtiī causā exīre. Appetentia tamen atque gustus Cerasulae in vīcīniā haud erant ignōtī. Vērumtamen quum abbātissa cerasīs haud minus quam ipsa dēlectārētur, mox compertum est quō hī frūctūs optimī dēvēnissent; unde Māter Venerābilis haud parum perturbābātur, quum suum penū dīminuī sentīret, et quid dē cerasīs factum esset, intelligeret.

Rēgiī iuvenēs peregrīnātum profectī, etiam in locum, ubi Cerasula cum mātre victitābat, pervēnērunt. Quum pulchram hanc virginem ante fenestram prōmissōs crīnēs concinnantem cāsū cōnspicābantur, quisque trium iuvenum puellam prōtinus adamāvit, palamque ēdīxit, quantopere quisque eam in uxōrem accipere cupīvisset. Vix hoc ēdīxērunt iuvenēs, quisque eōrum zēlotypiā captus, inter sē altercārī, iūrgārī, vōciferārī, ac dēnique dēstrictīs ēnsibus alter alterum impetere, ēnsibusque dīmicāre coepērunt. Diū sīc certābant quīn sanguinem fūdissent, sed tamen magis ac magis in furōrem agēbantur, quod quum abbātissa animadvertisset, prōdīvit ad portam vīsum quid illīc gererētur. Quum intellēxisset suam vīcīnam in causā esse, īrā, veterīque suā simultāte succēnsā, cupīvit in suō corde, utinam Cerasula in foedam rānam converterētur, atque in aquā, circā fīnem mundī, sedēret. Dictum atque factum: misella Cerasula, in rānam conversa, ē cōnspectū contuentium statim ēvānuit. Rēgiīs proinde iuvenibus nūlla causa pugnandī erat; itaque vagīnātīs ēnsibus, ut decet frātrēs, manūs inter sē praebuērunt, patriamque domum versus discessērunt.

Senex intereā rēx vīrēs sibi in diēs magis dēficere, sēque ad gerendum onus rēgnandī pedetentim minus idōneum fierī sentiēns, rēgnum dēdere meditābātur, sed cui dēderet, nōn satis sibi cōnstābat. Quaestiō haec erat, quam cor paternum dirimere nequībat: omnēs enim trēs fīliōs suōs aequō amōre prōsequēbātur.

"Fīliī meī dīlēctī," sīc eōs quondam affātur, "iam ego cōnsenuī, vīrēsque meī sēnsim hebēscunt, ita ut mihi in animō sit rēgiam dignitātem dēpōnere; in animō tamen meō nūllō pactō dirimere queō, quem ex vōbīs mihi, ut potiōrem, haerēdem statuam; quemque enim vestrum aequō amōre paternō prōsequor; ac, praetereā, etiam perquam cupiō ut subditīs meīs rēgem ex vōbīs maximē idōneum, scītissimum, sapientissimumque cōnstituam. Ob hanc itaque causam, ternīs experīmentīs quemque vestrum tentāre dēcrēvī: quiscunque praemium tulerit, is rēx estō. Sit ergō prīmum tentāmen: requīrō centum ulnās tēlae tam subtīlis, ut ea per lūmen annulī meī trādūcī possit."

Fīliī respondērunt voluntātī patris prō vīribus sē satisfacere tentātūrōs, eōque prōpositō discessērunt.

Duo frātrēs maiōrēs nātū plūrēs comitēs sibi adscīvērunt, et ad cūnctās aptās tēlās quās repertūrī essent domum vehendās, magnum apparātum carrōrum equōrumque sēcum tulērunt; at minimus nātū expedītus profectus est. Haud multō post ad bivium pervēnērunt, ubi iter suum multifāriam dīvidēbātur; duae viae per laetōs campōs, sēmitās trītās, umbrōsōsque lūcōs dūcēbant. Duo maiōrēs nātū viās amoeniōrēs sibi ēlēgērunt, minimus autem, frātribus quum valedīxisset, viam ingrātam ingressus est, sībilandōque iter carpsit.

Ubicunque frātrēs duo tēlās subtīlēs cōnspicere poterant, eās praestināvērunt, tantam autem cōpiam eārum coēmērunt, ut suī carrī sub onere crepārent, equī autem gemerent. Intereā minimus plūrēs diēs taediōsōs iter faciendō exēgit, nec ūllum reperit locum ubi tēlam vel aliquātenus subtīlem ac bonam vidēret. Iam animus eī languēscere coepit, atque singulīs mīlliāriīs ēmēnsīs, etiam magis contrīstābātur.

Tandem ad pontem quemdam, per amnem dūcentem, pervēnit, ubi ad capiendam quiētem, atque ad meditandum dē adversā suā fortūnā, cōnsēdit, quum foeda quaedam rāna caput ex aquā extulit, ac vōce nēquāquam asperā interrogābat, quid reī esset. Rēgius iuvenis submissā vōce ait: "Stulta ranuncula, tū mihi prōdesse nequīs."

"Quisnam tē ita docuit?" quaerit rāna; "fatēre tandem quid tē angat."

Post aliquam moram rēgius iuvenis tōtam rem aperuit, fassusque est cūr pater eum peregrē mīsisset.

"Ego tibi succurram," respondit rāna. Hīs dictīs rāna sē in aquam mersit, sed mox reversa, frustum tēlae, palmō hūmānō vix maius, nec munditiā admodum nītēns, ut pārēbat, sēcum vēxit. Quidquid tamen fuerit, aliquid certē fuit, atque rēgius iuvenis, sīc rānā monente, id sustulit. Pannulus iste squālidus sibi certē admodum grātus nōn fuit; attamen aliquid ē sermōne rānae percipiēbat, quod sibi arrīsit, unde sīc sēcum arguēbat: "Sī nōn prōderit, saltem nōn oberit," itaque sustulit tēlam et in sacculum condidit, atque grātiā redditā rānae, quae sē iterum mersit, ex labōre āctō nōn parum lassa et anhēla, iuvenis discessit. Quō tamen longius itābat, maximō gaudiō animadvertit sacculum suum graviōrem fierī, proinde sē vertit, iterque suum, fortūnae suae multum cōnfīsus, domum versus flectit.

Eōdem ferē tempore domum attigit, quō frātrēs suī equīs curribusque ōrnātīs eō pervēnērunt. Rēx senex fīliīs suīs reducibus magnopere gāvīsus est, dētractōque dē digitō annulō aureō, experīrī perrēxit quis fīliōrum optimē meritus esset. Ex omnī cōpiā quam duo maiōrēs fīliī coacervāvērunt, nē ūnum quidem convolūtum tēlae reperiēbātur, cuius vel decima pars per annulum trādūcī posset. Haec rēs eōs admodum puduit; nam frātrem minimum nōn parum lūdificāvērunt, velutī quī domum rē īnfectā vēnisset. At quanta erat eōrum īra, quum eum ē sacculō convolūtulum prōdūcentem cernerent, quod tēlam exhibēbat, quae suā subtīlitāte, mollitiē ac pulchritūdine mīlliēs superābat cūncta quae iī in suā vītā vīdissent! Tēla enim ita erat subtīlis, ut annulum nūllō labōre trānsīret; immō, profectō, duae eiusmodī tēlae annulum vix explēvissent. Pater fortūnātum fīliolum amplexātus, domesticīs dēmandāvit, ut caeteram omnem tēlam in mare abiicerent, dein fīliōs sīc est allocūtus: "Nunc abībitis ut alterum quod vōbīs imperō pēnsum solvātis: — canīculum adeō minūtum vōbīscum domum ferētis, ut is in putāmine nucis commodē iacere possit."

Tantō pēnsō haud parum territī sunt fīliī; quum tamen corōnae omnēs essent cupidī, statuērunt fortūnam tentāre, prohinc paucōs post diēs sē rūrsus itinerī dedērunt. Eōdem biviō inter sē iterum valedīxērunt, ubi minimus identidem vetus suum scrūpōsum ac sōlitārium est prōsecūtus iter, omnī spē frētus, quam prior fortūna sibi pollicita erat.

Vix in saxīs prope ad pontem in rīpā cōnsēderat, quum sua antīqua amīca ex aquā prosiliit, iuxtāque iuvenem cōnsīdēns, magnō suō ōre apertō, coaxandō inquīrēbat: "Quid reī est?" Rēgius iuvenis nunc iam minimē dubitābat rānam aliquā potentiā pollēre, igitur quid vellet, fatērī nōn haesitābat. "Fīat tibi quod optās," respondit rāna; inde aquam saltū petēns, paullō post cum nuce avellānā reversa, eam ad pedēs eius dēposuit, tum eam tollere, et ad patrem dēferre iussit, ut cōram rēge eadem lēnī modō frangerētur, ac tum vīsūrī essent quid ēvenīret. Rēgius iuvenis magnopere recreātus iter retrōrsum carpsit, rāna autem opere fessa, in aquam resiliit.

Frātrēs eum antecessērunt, magnō numerō canīculōrum omnis generis scītulōrum allātō. Rēx senex studiōsus fīliōs quantum poterat iuvandī, maximam quae reperīrī poterat, iūglandem afferrī iussit, et cum omnibus canīculīs experīrī; at vērō nūllus eōrum putāmen ita quadrābat, ut aut ūnus pēs posterior, aut caput, aut pēs anterior, aut dēnique cauda extrā ēminēret — ūnō verbō, ūnus ūnō, alius aliō modō dēfīdēbat, nec ūnus omnium vērō simile erat in hōc novī generis tuguriō canīnō commodē iacere posse. Experientiā omnium factā, minimus fīlius accessit, et quum sē ante patrem officiōsē prōclīnāsset, nucem avellānam eī porrēxit precātus, ut eam cautē frangī cūrāret. Hōc factō, canīculus candidus, maximē scītulus, in manum rēgis inde exsiliit, caudulamque quassāns, dominō suō adulābundus sē affrīxit, inde autem conversus, caeterōs canīculōs, omnī quā pār erat vī, dēlectābilī modō allātrāvit, omnī cūriā arrīdente.

Nēmō prōrsus inter omnēs erat quī eā rē

dēlectātus nōn esset, atque senex rēx iterum amplexātus fīlium suum fortūnātum, caeterōs canīculōs ā domesticīs in mare prōiicī iussit, fīliōs autem sīc est affātus: "Dīlēctissimī fīliī, gravissima pēnsa vestra iam superāvistis; audīte nunc meum ultimum prōpositum: quiscunque vestrum pulcherrimam virginem sēcum domum tulerit, is meus illicō erit haerēs."

Praemium labōrum adeō allectāns, atque certāmen, omnibus tam aequum vidēbātur, ut ad opus sē accingere nūllus iuvenum dubitāret, utique suō quisque modō palmam relātūrus. Minimus nātū animō nunc nōn adeō aestuabat quam anteā; sīc enim sēcum cōgitābat: "Vetula illa rāna hāctenus mē iuvandō certē multum poterat, at nunc omnis suā potentiā nihil mihi prōdesse poterit; ubinam enim gentium ipsa mihi pulchram virginem, quīn longē pulchriōrem quam ūlla, quae in rēgiā patris meī vīsa sit, comparābit? Pālus in quā victitat, nūllum vīvum animāns alit nisi būfōnēs, cenchrēs, aliāsque bēstiās."

Intereā tamen idem ingreditur iter, vēnitque ad saxum, ubi ingemīscēns cōnsīdet pendentī animō, ut anteā, prope pontem. "Ēheu, ranuncula!" fātur ipse, "iam nunc mihi prōdesse nōn poteris."

"Minimē id cūrēs," coaxat ranuncula; "modo fatēre quid nunc reī sit." Rēgius igitur iuvenis docuit veterem suam amīcam, quod discrīmen sē supervēnisset.

"Carpe viam domum," respondit rāna, "pulchra autem virguncula mox tē subsequētur; vērumtamen tibi cāveris quōminus rīdeās, quidquid circā tē ēvenīre animadvertās!" Hīs dictīs, ut anteā, in aquam resiliit, et ē cōnspectū sē subdūxit.

Rēgium iuvenem usque suspīria tenēbant, quod verbīs rānae modo parum cōnfīdēbat; attamen haud procul domum versus prōgressus erat, quum sonitus īnsuētus ā tergō sibi ad aurēs pervēnit, itaque circumversus, sex glīrēs aquāticōs grandiusculōs cōnspexit, peponem bene magnum, rhēdae īnstar tolūtim sēcum trahentēs. In sessibulō bene pāstus būfō seniculus aurīgam agēbat, ā tergō autem duae rānae pedisequī stābant, utrimque autem scītulī mūsculī, prōpānsīs mystācibus vicem praesidiī praestābant currentēs; intrā rhēdam dēnique antīqua sua amīca, rāna, utique nōn admodum fōrmōsa, ac potius turpicula, sedēbat, tamen haud sine quādam dignitāte, quum praetervecta iuvenem salūtābat.

Dē fortūnīs suīs cāsū aliquō venustam illam virginem, quam quaerēbat, reperiendī cōgitātiōnibus nimium mersus, singulāre spectāculum ante sē vix minimē dignābātur, nēdum ad rīdendum super idem prōpēnsum sē sentiēbat. Rhēda interim paululum prōgrediēbātur, usque dum ad bivium quoddam pervenīret, ubi tumulō quōdam interveniente, vīsuī excidit; at quantopere stupuit quum et ipse eō pervēnisset, ibique vēram ac praestantem rhēdam, cum sex furvīs equīs iūnctīs, aurīgīs synthesī ēlegantī indūtīs, cerneret, intus autem virguncula, omnium quam unquam cōnspexerat pulcherrima sedēns, sē exspectantēs stārent, et quum virgunculam mox agnōsceret esse Cerasulam, cuius aspectūs quondam cor suum tantopere īnflammāverat! Ut ipse eō pervēnit, pedisequī iānuam rhēdae pandērunt, et sīc invītātus, iuxtā pulchram virginem cōnsēdit.

Haud multō post in urbem patris rēgiī iuvenis pervēnērunt, quō et frātrēs cum magnā puellārum catervā appulerant; simulac tamen Cerasula in cōnspectum vēnerat, cūnctī aulicī ad ūnum, commūnī cōnsēnsū, corōnam pulchritūdinis eī adiūdicāvērunt.

Pater laetus amplexātur fīlium, eum statim haerēdem rēgnī cōnstituit, caeterās autem omnēs puellās, utī canīculōs ante, in mare abiicī ac mergī iubet. Dēnique rēgius iuvenis Cerasulam connūbiō sibi iūnxit, diūque ac fēlīciter cum eā vīxit, quīn etiam modo vīvit — nisi sit mortuus.

Fīnis

PULCHRITUDO ATQUE BESTIA

FUIT quondam mercātor opulentus, quī sex habēbat fīliōs totidemque fīliās. Opibus hic ita affluēbat, ut quidquid līberī suī appetīvissent, etiam obtinēre possent. Fīliī suī candidīs equīs aurō lōrīcātīs in scholam equitābant, fīliae autem pūpās suās vesticulīs gemmātīs indūere cōnsuēvērunt. Vēnit tamen aliquandō diēs, quandō nūntiātum eī erat, sē omnem suam pecūniam perdidisse. Nāvēs suae magnā tempestāte afflīctātae ac frāctae sunt, eārumque thēsaurī ūnā mersī in fundō maris iacēbant. Unde futūrum erat, ut aedēs suae pulchrae hortīque hastae subiicerentur, nec ūlla domus sibi, suaeque familiae relinquenda esset ubi vītam agerent, nisi casa humilis, quae in mediā sylvā ab oppidō longē dissita, relinquerētur.

Quum līberōs haec nova docuisset, fīliī cōnābantur fortēs sē praebēre, patremque certiōrem fierī volēbant sē paupertāte nihil movērī, datūrōsque sē operam ut suīs labōribus eī adiūmentō adessent; at fīliae ob necessitātem pulchra sua cubicula, vestēs gemmāsque linquendī acerbā ciēbant lāmentā. Sōla fīlia nātū minima, nōn flēbat. Immō, in casā, in mediīs sylvīs recondita, vītam dēgere sibi etiam grātum fore putābat.

Fīlia, nātū minima, inter omnēs sex maximē amābilis erat; tanta ipsa erat pulchritūdinis, ut nunquam aliud nisi Pulchritūdō vocārētur. Quum in novam suam casulam commigrārunt, ipsa operam ovibus dabat, et etiam maximam partem labōrum domesticōrum suscēpit. Frātrēs suī diēs singulōs in agrīs labōrandō exēgērunt, sed sorōrēs vix quidquam praestitērunt, atque tempus loquēlīs trīvērunt, invicem narrandō quam optārent ut iterum opibus affluerent, suīsque quaeque vōtīs potīrētur.

Aliquō tandem diē ad mercātōrem fāmā perlātum est ūnam suārum nāvium, quam frāctam ac mersam accēperat, salvam in portum pervēnisse. Hinc fore spērābat ut magnam partem suae pecūniae recuperāret, quōcircā monuit suōs līberōs sē ad rem penitus explōrandam cōnfestim iter in eum locum carptūrum. Hīs secundīs novīs līberī omnēs magnopere excitātī, iam prō certō exīstimāvērunt sē in eundem locum opulentiae restitūtum īrī, quō anteā fruerentur, ac praesertim fīliae ēnīxē ab eō flāgitāvērunt, ut redux, dōna sibi referret.

"Tam diū iam nihil ad gerendum habuimus, nisi pannōs," conqueritur adultissima. "Age, mī pater, fertō mihi indūmentum quod reperiēs splendidissimum. Indūmentum autem sit sēriceum, arcūs caelestis īnstar, cūnctīs dīversīs colōribus tīnctum."

"Mihi autem," fātur altera, "gemmās fertō. Monīle ē carbunculīs et sapphirīs."

"Mihi vērō," rogat tertia, "fertō stolam byssinam, tēlā subsūtam, aurō textam."

"Mihi ferēs pectinem aureum, gemmīs variīs cōnsitum, quem in comā geram," petit quārta.

"Fer mihi calceōs, adamantibus īnsūtīs," flāgitat quīnta.

"Tū autem, Pulchritūdō?" quaerit mercātor, "Quidnam tibi afferam?"

"Velīs mihi rosam ferre," respondit Pulchritūdō.

Sorōrēs eam dērīsērunt. "Va, rosam tibi expetis quum possīs quamlibet rem ad arbitrium postulāre!" exprobrārunt sorōrēs.

"At ego rosam tantum cupiō habēre," refert Pulchritūdō. "Nūlla enim in hortō nostrō est."

Mercātor igitur abequitāvit, ac post aliquot diērum iter in portum pervēnit. Eī in portum advenientī relātum est suam nāvim ā pīrātīs impetītam atque compīlātam fuisse, nec ūllam partem thēsaurī in nāvī relictam. Aequē miser itaque erat nunc, quam anteā. Attamen diūtius ibīdem morandum

eā spē statuit, ut aliquid certiōris dē pīrātīs experīrētur, sīquō cāsū partem suae pecūniae recuperāre posset, at vērō quum post exāctōs aliquot mēnsēs nihil dē eā rē comperisset, rēbus īnfectīs domum eī redeundum erat.

Mūnusculōrum, quae fīliae ab eō flāgitāverant, comparāvit nūllum; cuius reī cōnscientia animum suum admodum contrīstāvit. Quīn nē rosam quidem, quam Pulchritūdō petīverat, comparāre valēbat, quod nunc iam tempus hībernum erat, et ideō nūlla comparārī poterat. Collēs circumquāque nivibus ūberrimīs erant obsessī, sōlīque equitantī acerbissimum frīgus erat perferendum. Nec itaque mīrum sī frīgore atque inediā ferē cōnfectus erat, quibus malīs accessit mala fortūna, quod ā viā suā aberrāvit. Scīlicet nivēs callem prōrsus oblitterārunt, nec ūllum exstābat indicium quō iter suum dīrigere potuisset. Iam post merīdiem erat, nec parum sollicitābātur nē nox illī supervenīret, prius quam suffugium reperīre posset.

Iter suum paulisper prōsecūtus, ante sē prōtinus vāstum cōnspicātur xystum malōrum aurantium, flōribus frūctibusque onustārum, acsī media vigēret aestās. Prohinc sūrsum xystum equitat, moxque sē in mediō reperit pulcherrimī hortī. Nūllum hīc vestīgium cernēbātur nivium, aut gelidī ventī. Flōrēs circumquāque vigēbant. Statuārum in hortō nūllus numerus. Hae ubīque stābant, sub arboribus, in caespitibus, quāquāversum in lūcīs atque ambulācrīs.

Mediō in fundō palātium stābat. Mercātor lātōs gradūs lapideōs ā fronte palātiī haud dubitabundus cōnscendit, penetratque ōstia in fastīgiō graduum lātē prōpānsa. Perambulat ambitūs, plūraque conclāvia, ūnum post alterum. Cūncta inānia hiābant. Strepitum propriōrum gressuum resonantem, ut ambulābat, nec quidquam aliud audiēbat. In ūnō cubiculōrum cōnspicātur amplum grabātum.

Quum frīgore taediōque itineris admodum esset lassus, in grabātum paulisper dēcubuit. Vix ūnum minūtum oculōs clauserat, iam alterō obstupidus aperuit. Ante enim sē mēnsulam cōnspexit, coenā maximē opiparā cōnstrātam. Quum ipse dēcubuerat, haec certē ibi nōn stetit, nec ūllō modō capere poterat quā ratiōne mēnsula coenaque eō perferrī poterant. Vērumtamen quum famēs eum urgēret, haud multum dē eā rē sibi meditandum dūxit. Nūllā itaque morā coenam absūmpsit, sēque quiētī trādidit.

Iam erat māne quum ēvigilāvit. Ientāculum in mēnsulā ante grabātum iam erat dapinātum. Sūmptō eō, conclāvia palātiī perambulāre pergit. Cūnctīs in hīs nēminī obviam factus est. Dehinc in hortum prōdīvit. Rosae circumquāque flōrēbant, quasi mediā aetāte.

"Pulchritūdō dumtaxat suum mūnusculum utique obtinēbit," mercātor sēcum fātur, atque rosam, quam discernere poterat pulcherrimam prōtinus dēcerpit.

Nōn ante hoc perfēcit, quam prope sē terrificum

boātum audit. Dīgredī tentat, at ecce, immāne mōnstrum adversum sē appropinquāns cōnspicit. Figūra eius nūllī erat similis bēstiae quam unquam vīdit, namque proboscide elephantī, iubā leōnīnā, squammīsque colubrī, dēnique ungulīs tigridis erat horridum.

Bēstia sē cōram mercātōre sistēns, terribilī vōce sīc eum adorītur: "Quidnam agis meīs rosīs?"

Mercātor respondēre cōnābātur, tantō tamen terrōre erat perculsus, ut dentēs tantum sibi concuterentur.

"Sceliō ingrātissime!" inclāmat eum Bēstia. "Cibō, suffugiōque tē excēpī, noctem sub tēctīs meīs exēgistī, tū autem beneficia mea fūrtō meōrum flōrum pēnsās. Morte es dignus, quam et statim oppetēs."

Mercātor sē cōnfestim in genua ante pedēs mōnstrī prōvolvit. Tremēns balbūtiēbat sē rosam prō fīliā, nātū minimā, carpsisse, veniamque eius flāgitābat.

"Quidquid iusserīs, libenter mē factūrum spondeō," ōrābat mercātor, "sī modo vītae meae parcās."

"Mortem meruistī," reboat Bēstia, frendēns dentibus, "ūnam tamen lēgem statuam, tuae salūtis. Sī facere poteris ut ūna fīliārum tuārum suā sponte hūc veniat, sinam ut hinc salvus abeās. Licēbit ut etiam hodiē discēdās. Post ūnum mēnsem exāctum sīve tū, sīve ūna fīliārum tuārum hūc veniet in meam ditiōnem. Nihil tibi prōderit effugium meditārī. Sī neuter vestrum hūc vēnerit, familiam tuam tōtam exterminābō."

Mercātor dēspērātus manūs torsītābat. Nōn enim sibi vidēbātur ūllam suārum fīliārum in ditiōnem tam immānis mōnstrī suā sponte venīre volītūram, nēdum sē eiusmodī prōpositō assēnsūrum.

"Nunc vērō ī," tandem fātur Bēstia. "Per mē licēbit ut rosam eam fīliae tuae nātū minimae trādās. Oblīvīscī tamen pretiī, quod solūtūrus es, nōlī. Post mēnsem sīve tū eris meus, sīve vērō ūna tuārum fīliārum."

Sūmpsit igitur rosam mercātor tremulō manū, et ex hortō effūgit. In āreā internā invēnit suum equum ephippiō īnstrūctum, sēque praestōlantem. Equum illicō cōnscendit, et celerrimē quam poterat abequitāvit. Dē viā prōrsus nihil habēbat compertum, sed equus īnstīnctū innātō viam praesāgiēbat, atque iam circā crepusculum ante casam suam sē reperit.

Audītō sonitū ungulārum equī, līberī suī obviam eī cucurrērunt.

"Quīnam, noster pater, rēs tibi successērunt?"

quaeritābant fīliī. "Ubinam sunt nostra mūnuscula, patercule?" clāmitābant.

"Ūnum tantum eōrum habeō," respondit mercātor, "quod summō pretiō redēmī, maiōrī profectō quam solūtūrus fuissem, sī cūncta praestināvissem," quibus dictīs ostentābat rosam quam Pulchritūdō postulāverat.

Līberī suī nūllō pactō perspicere poterant quōnam modō singulam rōsam tantō pretiō praestināvisset prohinc rogāvērunt patrem ut causam reī explicāret. Tōtam igitur historiam nārrāvit. Fīliae suae in lacrymās solūtae sunt, reprehendēbantque patrem scīscitātae, quīnam ipse tam crūdēlis esse potuisset, ut quamlibet eārum requīrī posse autumāret, ut domum immānis mōnstrī adīret, etiamsī id suī servandī causā fieret.

"Culpa Pulchritūdinis id factum est," inquībant illae. "Quārē ipsa nōn postulāvit rem quamdam ōrdināriam, ut nōs fēcimus?"

"Sī culpa mea id factum est," dēnique respondit Pulchritūdō, "ipsa mē ad domum Bēstiae cōnferam."

Pater frātrēsque suī ēdīxērunt sē id nōn passūrōs, ipsa tamen sēcum īre statuit, atque nihil quod pater frātrēsque dīcere aut agere poterant, eam ā prōpositō dēterruit.

Post mēnsem exāctum Pulchritūdō cum patre domō abequitāvit, et quamvīs metū omnis tremeret, id minimē prōdidit. Ut iam anteā, equus mercātōris, etiamsī ipse nōn, viam probē nōvit, et hinc, paullō post sōlis occāsum in locum pervēnērunt.

Xystus, tōtusque fundus lūminibus refulgēbant, quoniam cūnctae statuae faculās gerēbant. Vērumtamen, ut anteā, nūllus mortālium vidēbātur locum incolere.

Ascendentēs perambulābant resonantia cubicula, quae millēnīs candēlīs accēnsīs summō splendōre erant collūstrāta, dōnec ad illud vēnissent, in quō mercātor ante mēnsem pernoctāsset. Mēnsula ibīdem stābat cum coenā prō duōbus apparāta. Pulchritūdō formīdine erat aegra; attamen quum licēret, et ex fame simul labōrāret, ipsa, cum patre ūnā, famem suam affatim levāvit.

Coenam nōn ante fīnīvērunt quam ingēns boātus, saevior quam sīve taurī, sīve leōnis, aulās palātiī resonāns percucurrit, quum dēnique Bēstia cōram appāruit. Pulchritūdō brāchiīs paternīs dēspērāta sē applicuit. Vix sē prō terrōre ā corruendō continēre valuit.

"Haecne est fīlia quae hūc suā sponte vēnit?" quaerit Bēstia. "Ipsa mihi nōn vidētur admodum velle."

Pulchritūdō inde intellēxit sē nōn satis cīvīlem praebuisse. Magnō itaque cōnātū sē ā patre retrāxit, sēque in polītiōrem habitum ērēxit, etiamsī omnibus artubus tremeret.

"Salvus sīs, mī Hērē," fātur igitur ipsa.

"Haud expedit tē ita mē vocāre," ait Bēstia. "Ego

etenim Bēstia sum, tū autem Pulchritūdō. Satius est rēs propriīs nōminibus vocāre. Propriāne tuā sponte hūc vēnistī?"

"Sīc, sānē, mea Bēstia."

"Factum bene. Tū vērō," ait Bēstia ad mercātōrem conversa, "crās domum ībis. In cubiculō contiguō, ubi hanc noctem exigēs, rēs quāsdam reperiēs, quās licēbit tibi tēcum domum referre. Faustam tibi noctem! Valē!"

Hīs audītīs mercātor discessit, eōsque sōlōs relīquit. In cubiculō attiguō mercātor riscōs reperit aurī, gemmārumque plēnōs.

"Numne hoc est quod mihi mēcum domum referre liceat?" exclāmat mercātor. "Ehem, sīc tam erimus opulentī quam unquam anteā fuimus! At hoc pretium tuī est, Pulchritūdō," inquit lacrymīs obortīs.

Pulchritūdō eum sōlārī cōnābātur, quamquam et ipsa angōre omnis tenēbātur. Reversa in suum cubiculum, nē dē Bēstiā somniāret, cubitum īre metuit. Vērumtamen post aliquot hōrās sopōre est oppressa, ac per quiētem sē in hortō ambulāre somniābat. In quōdam ambulācrō iuvenem, sūmptuōsē vestītum, vultū venustissimō sibi obviam fierī vidēre sibi vidēbātur. Is, manū eius sūmptā, fatēbātur sē eam amāre, flāgitāvitque ut sē ā carcere suō līberāret. Ipsa, vicissim, quaerēbat quid iuvenis innuere vellet, at ille explicāre nequībat, ac post haec ipsa ēvigilāvit. Iam erat māne, proinde ipsa surrēxit, sēque induit. Dum haec agēbat, somnium sibi continuō obversābātur ipsā mīrante quid id portenderet, an utrum is iuvenis quīdam esset, quem Bēstia alicubi in cavernā quādam palātiī captīvum tenēret.

Dēnique patrī valedīxit, quī interim riscōs thēsaurīs onustōs, dorsīs equōrum plūrium, quī ulteriōra dōna erant Bēstiae, alligāverat, domum abequitāvit. Tum Pulchritūdō conclāvia palātiī circumambulandō explōrātum īvit. In singulīs eōrum aliquid pulchrī atque īnsolitī reperit, quō sē oblectāre ac lūdere poterat. Omnis generis librōs fābulārum imāginēsque illīc invēnit, aeque ac mūsica īnstrūmenta suā sponte melōdiās ēdentia, psittacōs sē alloquentēs, aviculās canōrās, sibi cantilantēs. Offendit et sīmiōs atque sīmiās, pedisequōrum ac mulierum cubiculārium mūnera obeuntēs, quī omnēs servitia sibi tam dexterē, quam persōnae hūmānae perfēcērunt.

Quum dēnique advesperāscere coeperat, sibi iam septimānās in palātiō exēgisse pārēbat, quod tot tamque īnsuētās in palātiō rēs vīdit. Quum dēnique in cubiculō suō sedēret, coenamque eōdem arcānō modō in mēnsulā dapinātam absūmpsisset, ecce Bēstia sē cōram stitit. Aspectus eius sē maximō terrōre perculit, tamen nunc paullō minus pavēbat quam prīmā vesperī. Hic interrogābat eam quemadmodum diem exēgisset. Ipsa nārrāvit eī dē cūnctīs rēbus pulchrīs ac novīs quās in castellō invēnerat, quantumque iīs dēlectāta erat.

"Libenterne tū hīc dēgis?" quaerit Bēstia.

"Hīc iucundissimum est. Palātium est quasi dīvārum," respondit Pulchritūdō.

"Sī nūbās mihi," prōsequitur Bēstia, "tōtum hoc palātium, cūnctaque quae in eō sunt, tua erunt. Amō tē, vīsne mihi nūbere?"

"Nōn, Aedepol," refert Pulchritūdō, nec quīn contremīsceret sē continēre poterat. Bēstia sē longē hūmāniōrem praebēbat, quam ipsa eam esse posse exīstimābat; at vērō nūbere cuīquam, quem vel contuērī formīdāret, terribile sibi vidēbātur.

Bēstia tam subitō eam relīquit, quam prīdiē vesperī.

Quamprīmum iterum obdormīvit, in somniō īdem iuvenis sibi occurrit, quem in hortō vīderat. Diū ūnā morābantur, atque Pulchritūdō eum ita amāre sē sēnsit, ut ab eō redamārī. At ipse admodum conturbātus esse vidēbātur, et ab eā, ut nocte hesternā fēcerat, iterum flāgitāvit, ut sē ex suō carcere līberāret, sed ab eō nūllō pactō ēlicere quībat quis ipse esset, et in quōnam carcere dētinērētur.

Pulchritūdō satis inveniēbat in palātiō Bēstiaeque sē occupāret. Praestō erant ad equitandum generōsī equī, fundus autem per mīlliāria prōtendī pārēbat. Tum etiam, tametsī tempus erat hībernum, regiōnēsque sub nivibus iacēbant ubīque, tamen hīc terra calōre tepēbat, eratque sūdum, flōribus quāquāversum vigentibus. Piscīnae aderant hippūrīs scatentēs, in quibus licēbat eī scaphulīs hūc et illūc

nāvigāre ac rēmigāre, līliaque aquātica carpītāre; nōn dēerant, praetereā, ōrnātissima indūmenta, gemmaeque in suum ūsum, innumeraque genera lūdīmentōrum cūriōsōrum, atque animalculōrum lūsuī aptōrum. Bēstiam interim, nisi vesperīs, nunquam convēnit, et hoc paucīs minūtīs, antequam cubitum īret. Pauca solēbat verba facere, sed potius tam trīstī solēbat sē vultū contuērī, ut Pulchritūdō illī cum dolōre animī compaterētur, ēnīxēque optābat ut moestitiam eius levāre posset. At, quotiēs sē in connūbium expetābat, ipsa negāvit id sē factūram.

Intereā quāque nocte īdem iuvenis sibi, quem in ambulācrō convēnerat, in somniō obversāre solēbat. Per hortōs, perque ambitūs palātiī ūnā cōnsuēvērunt ambulāre, nec Pulchritūdō praeter hunc ūllī nūbere volēbat. Hic tamen semper moestus esse pārēbat, atque quasi aliquid abs sē postulāre vellet, quod tamen ipsa dīvīnāre nēquāquam posset.

Cūnctīs palātiī oblectāmentīs et illecebrīs in contrārium allectantibus, Pulchritūdinem lūdus in eōrum mediō sōlitārius taedere, atque dēsīderium patris, frātrum sorōrumque obrēpere coepit. Id et Bēstiae fassa est, petīvitque ab eā, ut cum suā voluntāte, saltem ad breve tempus, domum redīre licēret. Hoc nōn parum dolōris Bēstiae attulit; ipsa tamen tam impēnsē rogāvit, ut postrēmō eī tamen facultātem concēderet. Lēgem tamen statuit, nē Pulchritūdō ultrā duōs mēnsēs abesset.

"Nōnne id nōn oblīvīscēris?" quaerit ille. "Quōmodocunque iī cupidī tuī sint, tēque domī continēre velint, tūte ad mē intrā duōs mēnsēs reversūram spopondistī."

"Fide tibi spondeō mē reditūram," ipsa respondit.

Eā nocte iuvenis sibi in somniō etiam solitō moestior vidēbātur.

"Tūne hunc locum," quaerit ille, "haec cubicula, hunc caespitem, hās sēmitās, quās singulīs noctibus, etiamsī in somniō dumtaxat, perambulāmus, relinquēs?"

"Quid refert, quum haec somnia tantum fuerint?" respondit Pulchritūdō. "Quīn etiam quum domī meae fuerō, licēbit mihi quāque nocte somniāre mē tēcum hīc versārī."

Ille tamen ad haec nihil respondit.

Postrīdiē diem solidum Pulchritūdō compōnendīs et convāsandīs iīs pulcherrimīs rēbus expendit, quās Bēstia sibi domum, ad familiam suam dēferendās dōnāverat. Ipsa iter posterō māne sē carptūram exīstimāvit, at Bēstia prīdiē vesperī annulum eī dedit, docuitque eam, sē nihil nisi annulum in digitō circumvertere oportēre, atque dīcere ubi esse vellet, quum futūrum esset, ut proximō māne iam ibīdem esset.

Proinde cubitum itūra annulum in digitō circumvertit, dīxitque, "Domī meae esse cupiō."

Proximō itaque māne, sōle iam in vultum sibi incidente, expergēfīēbat. "At sōl nōn per eam fenestram intrat," cōgitābat ipsa sēcum, suōsque famulōs sīmiōs ad lūmen arcendum appellābat. Nūllus vēnit. Tum oculōs plēnē aperit, sēque in lectō ad sedendum ērigit. Sē in cubiculō reperit, in quō anteā fuit nunquam. At circum sē in solō iacēbant suī riscī, quōs heri mūnusculīs plēnōs convāsāverat. Tunc memoria annulī sibi incidit, unde sē domī esse intellēxit suae. Utique, modo, ubi mercātor iam iterum opibus affluēbat, casam suam in sylvā mūtāvit.

Sē itaque induit atque in pedeplānum dēcurrit. Domesticī suī, eam quum cōnspexērunt, fidem propriīs oculīs nōn habuērunt. Sexcentīs eam questiōnibus fatīgārunt quīn respōnsīs reddendīs eī moram concessissent; quum vērō riscōs suōs reserāsset, mūneraque sēcum allāta eīs exhibuisset, omnēs attonitī, ēlinguēsque stetērunt. Tum, vicissim, iī habēbant quod Pulchritūdinī ostentārent et ēnārrārent, ex eō tempore nacta atque gesta, ex quō in novās fortūnās vēnissent.

Tempus intereā tam celeriter lābēbātur, ut Pulchritūdinī ad ratiōnem diērum habendam nūllum ōtium suppeteret. Ūnum interim sibi dēesse admodum sentiēbat. Quippe iuvenis, quem per quiētem, dum in palātiō Bēstiae vītam dēgēbat, quāque nocte convenīre solēbat, eī in somniō iam nōn obversābātur. Caeterōquin, sī hoc ūnum dēmās, ipsa admodum erat beāta, ita profectō beāta, ut temporis, quod domī ēgisset, prōrsus esset immemor. Ūnus mēnsis, dein duo mēnsēs, dēnique trēs praeterīvērunt. Ex mente Pulchritūdinis prōmissum omnīnō excidit.

Quādam dēnique nocte ipsa vīdit somnium. At hoc nōn dē iuvene erat, quem in hortīs Bēstiae convenīre in somniō cōnsuēverat. Scīlicet somniābat sē in hortīs palātiī ambulāre, atque xystōs pererrāre, quum in trāmitem incidisset, quem nunquam anteā vīderat. Trāmes ad antrum, in latere tumulī dūcēbat.

Ipsa antrum intrāvit, ubi Bēstiam humī prōstrātam invēnit. Iacēbat autem Bēstia prōrsus immōta, tamquam mortua. Pulchritūdō affāta eam est, illa tamen nōn sē mōvit. Num Bēstia rēvērā mortua est? Pulchritūdō iuxtā immōtum corpus in genua prōcidit singultāns, verbīsque compellāns, ut, utrum vīveret, respondēret. Antequam tāmen id comperīre potuerat, ēvigilāvit. Necdum erat māne. In cubiculō usque tenebrae erant.

"Sine morā mihi redeundum est," cōgitābat sēcum Pulchritūdō, igitur annulum in digitō illicō circumvertit aitque: "In palātium Bēstiae perferrī cupiō." Tum iterum obdormīvit.

Diē exortō in suō cubiculō palātiī expergēfacta est. Famulī suī sīmiī, pompā ēgregiā ōrnātī sibi servitiō aderant, sibique ientāculum dapināvērunt.

"Nihil prōrsus mūtātum," cōgitābat sēcum Pulchritūdō, "oportet itaque cūncta salva esse."

Attamen ipsa tōtō diē angōre quōdam tenēbātur, adventumque vesperae impatiēns opperiēbātur. Vespera quidem tandem advēnit, nōn item Bēstia. "Fortasse hāc vesperā tardius adveniet," cōgitābat ipsa. Sollicita igitur exspectābat hōrologium aspectāns, at Bēstia nōn vēnit.

Praeter modum perturbāta dēnique surrēxit, ac sē indūta, perquīsīvit palātium, vōceque Bēstiam appellāvit. Ambitus conclāviaque altē silēbant, quamvīs millēna candēlārum ārdērent, acsī hospitum multitūdō exspectārētur.

Tandem Pulchritūdō in hortum prōcucurrit. Statuae omnēs ārdentēs ferēbant taedās, quārum flammae aurā nocturnā laetē agitābantur, eārumque lūmina undulae piscīnārum, velutī frustula speculōrum refrācta reverberābant.

Pulchritūdō cūnctās sēmitās hortī percursāvit, occurrit tamen nēminī. Subitō notat sē in sēmitam ingressam esse, quam anteā nunquam vīderat.

"Haec certē ad antrum dūcit quod in somniō vīdī," cōgitābat, et quam poterat in eā deorsum celerrimē currit.

Ita, profectō, ibi vidēbātur antrum, vāstum exhibēns forāmen in latere tumulī.

Ēreptā face ē manū ūnīus statuārum, huius lūmine intrat cavernam. Humī strāta iacēbat Bēstia omnīnō mūta, prōrsus ut eam in somnō vīderat.

Facem mittit ē manū, quae in terrā hirritāns tremulā ārdēbat flammā, nec tamen est exstīncta.

Anteā nunquam est ausa Bēstiam attrectāre, sed nunc manūs capitī eius imposuit, nec parum cohorruit quum id frīgidum esse sēnsit, unde manum ad cor permōvit. Id usque pulsāre, admodum lēniter quidem, sed tamen pulsāre sēnsit.

Prope ad ingressum cavernae erat fōns. Illīc pendentem scyphum aureum aquā complēvit, quā caput Bēstiae hūmectāre perrēxit. Ea tamen iacēbat immōta.

Nunc Pulchritūdō in flētum ērūpit acerbum. "Ō, tē obsecrō, nōlī morī," clāmitābat puella. "Quidquid prō vīribus possim, faciam, sī modo tū vīvās."

Bēstia caput commōvit, sed Pulchritūdō vix plūs quam susurrum eius percēpit: "Pulchritūdō, vīsne mihi nūbere?"

"Volō, sī modo tū nōn moriāris," respondit Pulchritūdō.

Fax in solō ultimam flammam ēiaculāta est iacēns, tum extīncta est. Antrum dēnsissima cālīgō obtēxit. Pulchritūdō iuxtā sē in solō aliquid movērī animadvertit, suamque manum ab aliquō prehendī. At manum eam hūmānam esse sēnsit, nōn ungulās Bēstiae.

"Quis tū es?" clāmat ipsa perterrita.

Eōdem mōmentō temporis sonitus currentium pedum exaudiēbātur, atque hominēs facēs ārdentēs sēcum gerentēs per sēmitās appropinquābant, quī omnēs antrum intrāvērunt. Hī cūnctī statuae erant in hortō, sed nunc revīxērunt.

Pulchritūdō stupēns circumspexit. Iuxtā sē stantem vīdit iuvenem, quem in somniīs in palātiō Bēstiae quāque nocte convenīre cōnsuēvit.

"At ubi est Bēstia?" quaerit ipsa. "Tū certē meam Bēstiam nōn occīdistī?"

"Nōn occīdī eam," refert iuvenis. "Sed tū eam occīdistī. Ego Prīnceps sum, fuīque ā quādam impiā dīā in mōnstrum illud mūtātus, quod tū nōverās, cūnctīque meī famulī in statuās sunt conversī. Fascinum usque eō perdūrātūrum erat, dōnec virgō aliqua hūc suā sponte venīret, sēque mihi nūptūram spondēret. Nunc tū ligāmen fascinī rūpistī, prohinc cōnfestim connūbiō iungēmur."

Ad nūptiās celebrandās hinc in palātium regressī sunt, ubi patrem, frātrēs, atque sorōrēs iam praestōlantēs offendērunt, quippe quī ope fascinī hūc perlātī erant, nec scīvērunt quid reī gererētur. Quum intellēxērunt Pulchritūdinem nōn Bēstiae, sed fōrmōsō, Prīncipī nūptūram, quem ex vinculīs foedissimī fascinī redēmisset, facile perspiciēs quantō gaudiō atque fēlīcitāte omnēs fruitī essent.

Fīnis

ANNOTATIONES AVELLANI

CINISCULA

1. *taetricus, -a, -um*, mōrōsus, rixabundus; quī altercārī, iūrgārī, lītigāre solet.
2. *lixīvium, -iī,* est liquidum ē percoctīs, ēlixātīs cineribus obtentum; sāpō, smegma liquidum.
3. *subtēglīnum, -ī,* est habitāculum, cubiculum, synoecium, sub tēgulīs tēctī domūs.
4. *prīvigna, -ae,* est puella, quae nōn suam mātrem, sed adventītiam, novercam habet, patris secundam uxōrem.
5. *veterāmenta, -ōrum,* vestēs antīquae, trītae, sordidae.
6. *oppidō,* multō, longē pulchrior.
7. *ballistia, -ōrum,* occāsiō ballandī, saltandī, chorēās agendī.
8. *munditiae, -arum,* indūmenta muliebria, ōrnātūs, tenuiāria.
9. *indūsium, -iī,* vestis lintea mulierum intima, ut subūculae sunt virōrum.
10. *amylum, -ī,* est pulvis, vel farīna, quae sī aquā dīluātur, linteaque illī intingantur, serēscentia, sīve sicca, lintea rigida efficit, utī sunt collāria.
11. *cosmēta, -ae,* est puella, ancilla, aut quaecunque alia mulier, quae capillōs mulierum lavat, perungit, dēfricat, calamistrat, concinnat.
12. *pīlentum, -ī,* curriculus levis, rhēda.

13. *mātrīna, -ae,* ex īnstitūtō Chrīstiānō *patrīnus* et *mātrīna* secundī parentēs, nempe, spirituālēs, quippe quī spōnsōrēs sunt prō īnfante baptīsandō.

14. *Dīa, -ae* est Dīva, Dea. Utī ē fabulīs poētārum tam Rōmānōrum quam Graecōrum palam est, Deōs Deāsque vītīs rēbusque hūmānīs sē ingessisse, virōs mulierēsque in animālia, arborēs, saxa, aquās immūtāsse, unde et mulierēs magica exercentēs Dīvās fuisse; quās etiam propter sagācitātem *sāgās* appellārunt. Sāgae tamen vel strīgae ōrdināriae senēs mulierēs esse crēdēbantur, quae cum daemōnibus in foedere vīxissent, Dīvae autem erant entia prōrsus per sē. Ex gestīs hārum mīrīs, utique fictīs tamen vulgō crēditīs, fābulārum multitūdō ēnāta est, praesertim in Perside, unde Ārabēs Orientālēs, in Chaliphātū Bagdad, in Āfricam, inde in Hispāniam invēxērunt, quae inde per Franciam et Ītaliam in ūniversum Chrīstiānōrum orbem diffūsae sunt. Latīnī hās Dīvās *Fātum, Fāta,* vocāvērunt, unde et *Fāta Morgāna,* quod vocābulum in Franciā, in *Fée* dēprāvātum est, artem autem Fée *fé-ériam* (utī īnfanteriam, cavalleriam, artilleriam) vocāre cōnsuēvērunt quō vocābulō male intellēctō, Anglī *fé-érias* (fairy) ipsās mulierēs appellārunt. Prohinc sincērum vocābulum Rōmānum retinendum, fābulōsās hās mulierculās *Dīās,* ac *Dīvās,* fabulās autem istīus generis *Fābulās Dīvālēs* appellandās cēnsuī.

15. *pepō, -onis,* est frūctus terrae, nāsciturque in hortīs et agrīs ex vītī, humī serpentī, ex genere cucurbitārum, ut mēlōnēs et cucumerēs.

16. *cānaster, -tra, -trum,* quod incipit cānēscere, cānus fierī, nōn omnīnō cānus; color ferē mūrīnus, sīve cinerāceus; equus nōn candidus, vel albus, nec furvus, sed in mediō.

17. *mystax, -ācis,* barba superiōris labiī.

18. *lacerta, -ae,* parvulum animal quadrupēs, in similitūdinem crocodīlī, sed in terrā, nōn in aquā vīvit, colōris viridis, aliōquīn innocuum.

19. *nāsiterna, -ae,* est vās, nostrīs temporibus aēneum, antīquitus figulīnum, sīve testāceum, quō aqua ad rigandum plantās comportārī solet.

20. *synthesis, -is,* Rōmānīs indūmentum fuit fōrmāle certīs persōnīs ac locīs accommodātum; sed nostrum aevum id iam dūdum dē vestīmentō fōrmālī, ūnifōrmī, ūsūrpat.

21. *tolūtim,* equī quum maximē currunt, *quadrupedāre* dīcuntur; quum moderātius, *currere;* quum dēnique lentius, *tolūtim* dīcuntur ferrī.

22. *Rēgius Fīlius,* Rōmānī fīliōs rēgum atque imperātōrum nūllīs vocābulīs distīnxerant. Per nōmen prīncipis, tam patrēs et mātrēs, quam fīliōs ac fīliās aequē intellēxerant. Mediō tantum Aevō incēpērunt ex titulō *Prīnceps Iuventūtis,* ipsīus Octāviānī Augustī, successōrumque, nōn adeō Latīnē, quam linguīs dērīvātīs, fīliōs prīncipum *prīns, prīnseps,* prīnsipissas, foeminīnō genere, dictitāre, utī *abbātissās,* prō abbāte. At haec nōn sunt Latīnē dicta, ideō eīs ūtī supersedeō, vocōque fīliōs rēgum *rēgiōs fīliōs,* fīliās autem *rēgiās fīliās;* sed linguā Ecclēsiasticā *Abbātissam,* tamquam terminum technicum nōn abnuō.

23. *sūtrīx, -īcis,* est mulier quae suit, hoc est, quae indūmenta muliebria cōnficit; at sūtor, masculīnō genere, nōn vestēs ex pannō, sed calceōs suit, cōnfector autem vestium virīlium sartor est.

24. *dapinō, -āre, -vī, -tum,* dapēs, sīve cibōs, mēnsae appōnō.

25. *dōdrāns, -tis,* est tertius quadrāns, ¾.

26. *vesculus, -a, -um,* est idem ac vetusculus, additō tamen ulteriōrī sēnsū parvitūdinis, exīlitātis, macrōris et macilentiae, estque contumēliōsum.

LUCERNA ALADDINI

1. *Sēr, -is,* ex nātiōne, vel rēgnō *Sērum (Sērēs, -um)* quod vulgō *Sina,* incolae autem *Sinēnsēs,* appellantur. Ab hīs tēla bombȳcina *sēricum, -ī,* vestēs inde factae *sērica, -ōrum,* vocantur. Ūsū tamen venit Nōmen Adiectīvum *sēriceus, -a, -um,* ac foeminīnō genere *sērica, -ae,* adhibēre, *tēlā* subaudītā,

ad dēsignandum omne id quod ē fīlīs bombȳcinīs fit, utī vestēs muliebrēs, subūculae, mūcinia, tībiālia, fōcālia, aliaque idgenus.

2. *īnficētus, -a, -um,* propriē significat hominem nōn facētum, īnsulsum, ineptum, sine acūmine mentis; sed lātiōrī sēnsū etiam hominem indolentem, sēgnem, inertem.

3. *gossypium, -iī,* est planta, quae genus lānae gignit, quam Germānī etiam lānam arboream appellant, ex quā plērumque lānā ovium immixtā, tēlae fīunt, māteria vestium albārum, quās ideō *gossypīnās* vocāmus, utī sunt linteāmina, tegetēs omnis generis, sabana, manutergia, subūculae, et sīc deinceps.

4. *crumēna, -ae,* loculus, locellus, est plērumque ex coriō, in quā pecūniam, praesertim chartāceam, in sacculīs gerimus, habēmus.

5. *marsūpium, -iī,* est sacculus, saepe sēriceus, cum annulō hūc et illūc mōbilī, quī sacculum alterutrim occlūdit; in eō nummōs aureōs et argenteōs gerunt.

6. *caput, -itis,* est urbs summa, rēgia, urbs capitālis cuiusque gentis.

7. *cērussa, -ae,* est carbonātum plumbum, est pigmentum album, quō mulierculae vultum solent fūcāre; Rōmānīs mulieribus grātissimum.

8. *lympha, -ae,* ex Graecō *nympha,* significat propriē aquam pūram et limpidam fontium ac rīvulōrum; sed in lātiōrī sēnsū, medicī adhibent dē quālibet liquidā concoctiōne. Quod et Rōmānīs medicīs aquam subcutāneam in hominibus et animālibus significāre solēbat.

9. *capillāmentum, -ī,* sunt capillī, sīve crīnēs falsī, coma adulterīna, quālēs āctōrēs scoenicī, atque plūrimī calvī gestant.

AQUA VITAE

1. *pūmilus, -ī* sīve *pūmiliō, -nis,* est homō parvulus, homullus, homunciō, nannus.

2. *ārdeliō, -nis,* est quī sē rēbus aliēnīs, quae ad sē nihil attinet, ingerit.

3. *pasta, -ae,* propriē est *intrītum,* genus gluis, glūtinis; item corpus pānis, *pāstilla.*

4. *grabātum, -ī,* est sēdēs, sedīle, plērumque pulvīnātum, tōmentō farctum, ad commodius sedendum plūribus persōnīs accommodātum.

5. *dōdrāns, -tis,* est tertius quadrāns, ¾.

PULCHRITUDO CONSOPITA

1. *patina, -ae,* est vās mēnsāle testāceum, figulīnum, myrrhīnum, argenteum, aut, ut hīc fingitur, aureum, sphaericum ex quō cibōs capimus. Iūs, iūsculum, sīve sorbitiōnem ex profundiōrī patinā *cochleārī* haurīmus; carnēs, aut alia solida *fuscinulā* dētinēmus, atque *cultrō* carpimus, scindimus.

2. *sāga, -ae,* strīga, vetula, senex mulier. Paucīs saeculīs ante quaedam mulierculae senēs crēdēbantur, ex foedere cum diabolīs, ita sagācēs esse (unde nōmen), ut fāta praescīrent, et ideō vocābantur *fātidicae,* oculīs fascināre, aegritūdinēs īnflīgere, pōtūs amorōsōs ac venēna miscēre, verbīs et incantātiōnibus flūctūs, terraemōtus, incendia, pestilentiam indūcere, et ad nocturnōs conventūs daemonum manūbriīs scōpārum īnsidentēs per āera convolāre. Centēnae hārum misellārum mulierum ex ignārō et īnsciō fanatismō flammīs, īnspectante populō, combustae interīvērunt.

3. *fūsus, -ī,* est tigillum (lignum parvum), teres, in mediō digitī minimī crassitiē, inde autem ad ambās extrēmitātēs sēnsim in tenuitātem dēsinēns, parvulō disculō prope ab īnferiōrī fīne. Netrīx sedet in scamnō, super tenue ac plānum tigillum cuius extrēmitātī, ad laevum netrīcis, īnfīxa est colus, huic autem illigātum est pēnsum, sīve manipulus cannabis, sīve līnī, ex quō netrīx laevā manū līcia dēductat, cuius extrēmum fūsō est alligātum, quem digitīs versat, hic autem verticillō līcia torquendō in fīlum torsitat, quod circā disculum fūsō glomerātur. Hic fuit modus nendī ex omnī antīquitāte, dōnec *rotāculum* inventum est, quod pede impellitur, nec netrīx fūsō amplius eget. Proinde omnēs dēlineātōrēs errant quum

netrīcēs repraesentant fūsō in manū, pede autem rotāculum agentēs, quod haec duo sēsē mūtuō exclūdunt, nec simul exsistere queunt. Puellula igitur rēgia poterat digitum vulnerāre fūsō, nōn autem rotāculō, quod digitīs prōrsus nihil agit, nisi līcia dūcit.

4. *tempus, -oris,* duo latera capitis.

5. *Colōnia Agrippīna,* modo *Köln,* urbs est Germāniae, ā quā nōmen trāxit suāveolēns quaedam aqua, vocāturque *Aqua Coloniāca.*

6. *nūtrītia, -ae,* nōn sunt nūtrīcēs, sīve nūtrīculae, quippe quae īnfantēs nūtriunt et cūrant, sed mulierēs doctrīnā quādam imbūtae, quae prōlēs opulentiōrum linguīs peregrīnīs exercitant, docent, disciplīnā scholasticā atque domesticīs mōribus cīvīliōribus verbō et exemplō docent et ēdūcant.

7. *cubiculāria, -ae,* mātrōnae, quae honōris causā rēgīnae adstant.

8. *pincerna, -ae,* quī mēnsae īnservit.

9. *lixa, -ae,* adiūtōrēs cocī sīc vocantur.

10. *laniī,* sīve *laniōnēs,* sunt mactātōrēs animālium prō culīnā, aut etiam in ūsum pūblicum.

11. *baiulus, -ī,* quī baiulant, sīve portant onera.

12. *paedagōgiānus, -ī,* adolēscentulī nōbilēs ad servitium rēgis.

13. *cacula, -ae,* servus ad persōnam.

14. *equīsō, -nis,* tabulāriī servī sunt *aurīga,* quī equōs agit; *prōriga,* adiūtor eius puer; *agāsō,* atque *equīsō,* quī equōs atque stabulum pūrgant, equōs alunt, adaquant, necessāriōsque labōrēs circā stabula perficiunt, equōsque hamaxant.

15. *molossus, -ī,* genus magnōrum canum.

16. *sīmus, -a, -um,* dē eō dīcitur quī obtūsō nāsō est, unde sīmiī appellātī sunt.

17. *vāra, -ae,* est lignum bifissum, bifurcātum, tamquam duo cornua; *fōcālis,* quod duae vārae, ūna ex utrāque parte focī, sīve ignis, stāre solet, trānsversum quās verū, cum carne īnfīxā collocātur versāturque super ignem ad carnem undique aequē assandam.

18. *anthropophagus, -ī,* carne hūmānā vēscēns.
19. *xystus, -ī,* ōrdinēs arborum, cum ambulācrō in mediō.
20. *sclopētum, -ī,* arma iaculātōria igniāria.
21. *domnaedia, -ae,* prōcūrātrīx, administrātrīx domūs.
22. *fidēs, -eī,* etiam significat chordās īnstrūmentōrum mūsicōrum, et hinc ipsum quoque īnstrūmentum mūsicum, *pandūra,* numerō plūrālī, propter quīnque fidēs, *fidēs* vocātur, quae *plēctrō* perstringitur.
23. *capellānus, -ī,* sacerdōs aulicus.

FERI OLORES

1. *bellāria, -ōrum,* Graecō verbō, *tragēmata,* -um; quae accumbentibus convīviō, in "mēnsā secundā," hoc est, post cibōs carneōs, praepōnī, dapinārī, solent, nempe, tortulae, lība, scriblītae, aliaque condīmenta dulcia, mellīta aut saccharāta, quibus iuventūs maximē dēlectārī solet.
2. *septimāna, -ae,* īnstitūtum Iūdaicō-Chrīstiānum, ideōque Rōmānīs ignōtum. Sīc vocāmus septem diērum spatium, velutī ūnitātem. Quattuor septimānae efficiunt mēnsem. Latīnitāte Ecclesiasticā idem etiam *hebdomada, -adis,* atque *hebdomada, -ae,* appellātur; tamen linguae Neō-Latīnae, ē priōrī suā *semana, semaine* dērīvārunt, quod argūmentō est Rōmānōs Christiānōs potius eō vocābulō ūsōs fuisse.
3. *olor, -ōris,* idem atque *cygnus, -ī,* avis magna aquātica, plērumque alba, quā in piscīnīs pūblicīs, aut etiam prīvātīs, dīvitum, ōrnāmentī causā servārī solent.
4. *casula, -ae,* parva casa, parva domus, domuncula.
5. *Diēs Sōlis,* est diēs prīmus septimānae, diēs quiētis atque sacrōrum rītuī dēditus; diēs sacer, fēstus. Ecclēsiasticā linguā est Diēs Dominī, vel Dominica, mōre Iūdaeōrum, unde et Neō-Latīnī suā "Domenica," "Dimanche," fabricātī sunt.
6. *būfō, -nis,* est foeda rāna terrestria.
7. *gullioca, -ae,* cortex nucum exterior, viridis, quī putāmen internum, dūrum, tegit. Huius succus cutem hūmānam ātrō colōre īnficit, quī nōn facile abluī potest.
8. *molossus, -ī,* genus magnōrum canum.

9. *Mediterrāneus, -a, -um,* est, quod procul ā fīnibus, atque ā marī est, utī sunt lacūs, stāgna fluviī, mediīs terrīs.

10. *matta, -ae,* est storea, tegmen strātī, tabulātī, ex iuncīs, scirpīs, aut strāmine plexum, partim ad tergendōs lutulentōs calceōs ante ōstium strātum, partim intrā aedēs, in ambitibus, vel etiam in cubiculīs, praesertim aestāte, ad gressuum sonitum absorbendum, partim, dēnique, ad gressūs molliendōs applicitum.

11. *scirpus, -ī,* utī iuncus, utraque est planta palūstris, altera teres, in tenuissimum dēsinēns acūmen, admodum rēcta, sine articulīs, aut nōdō; altera autem est tenuīs, plāna, in speciem ulvae, herbae, aut mucrōnis, etiam sine nōdō, unde prōverbium ēnātum est "nōdum in iuncō," vel "scirpō quaerere," i.e., culpam quaerere ubi nūlla est.

12. *vīmen, -inis,* virgae salicum, arborum, quae secundum palūdēs, rīvōs, dēcursum aquārum, aut in terrā ūvidā nāscuntur, ē quibus quālōs, fiscinās, corbēs omnīs generis plectere solent.

13. *lentus, -a, -um,* praeter cōnsuētam et quotīdiānam significātiōnem, quae adversātur *celeritātī,* etiam flexilem, vel flexibilem quamlibet rem significat.

14. *vertagus, -ī,* sunt canēs vēnāticī.

15. *carminō,* verbum Prīmae, dīcitur dē āctū līcia cannabis, alius cuiusque plantae textilis, per praenum ductāre et sīc tamquam crīnēs pectere, eōque modō pūrgāre, et ad nendum aptāre.

16. *cippus, -ī,* pālus, sublica, vallus, in sepulcrētō autem est crux, aut quidquid ad pedem sepulcrī ērigitur ligneī, ferreī, lapideī, cui titulus īnscrībitur, quō praetereuntēs admoneantur, unde et *monumentum* appellārī solet.

17. *holosēricus, -a, -um,* propriē, utī verbum Graecīs sonat, quod ex integrō sēriceum est; lātiōrī sēnsū est māteria texta crassior, cuius villī ērēctī, et admodum plānātī ac laevīgātī, quam Francī ā vīllīs *velour,* sīve *villūram* vocant, hinc autem Anglī suum *velvet* cūdērunt.

18. *culcitra, -ae,* est pulvillus, cui in lectō iacentēs caput applicāmus; lōdīx autem est, quō nōs tegimus.

19. *crepusculum, -ī,* est tempus diēī, post occāsum sōlis, antequam tenebrae terrās obruant.

CERASULA

1 *lūmen,* id est, vacuitās, apertūra, spatium, quod annulus incingit.
2 *expedītus, -a, -um,* sine sarcinā, sine impedīmentīs et apparātū, vacuus.

PULCHRITUDO ATQUE BESTIA

1. *pūpa, -ae,* est imāgō lignea, aut ē gypsō, vel ē quālibet māteriā, in similitūdinem plērumque puellulae ficta, quam parvulae foemellae vestibus induunt, in pectore fovent, atque ea tamquam propriō īnfante lūsitant.
2. *hastae subiicere,* sīve *sub hastā vēndere,* est bona mōbilia, aut immōbilia, propter dēbita, pūblicā auctiōne, licitātiōne, altissimum pretium offerentī vēndere. Mōs enim erat apud Rōmānōs per praecōnem hastam, sīve lanceam, ante locum in terram dēfīgere, sīcque praetereuntēs ad pūblicam auctiōnem invītāre.
3. *pannus, -ī,* praeter māteriam vestium, *pannus,* etiam lacerās ac trītās vestēs, ac frusta vestium abiecta et sordida, sīve centōnēs quoque significat, ut hīc.
4. *monīle, -is,* catēnula aurea, in collō gesta; sed etiam alia eius generis aurea ōrnāmenta monīle appellantur.
5. *stola, -ae,* propriē est pallium muliebre, utī palla est vestis ōrnāta ac sūmptuōsa, gerēbātur autem plērumque ā mātrōnīs in pūblicō, sed etiam ab aliīs, certīs occāsiōnibus, utī ā mūsicīs; dēnique ā sacerdōtibus Deae Īsidis, quae Rōmae, sub Imperiō statuīs Deae praelātīs, magnā sōlemnitāte, prōcessiōnibus, mystēriīs, quibus sēcrētō initiandī sacerdōtēs cultōrēsque erant, magnīs sūmptibus, magnā pompā, rītūque magnificō colī atque celebrārī cōnsuēvit.

6. *byssinus, -a, -um, byssus* est tēla līnea, lintea, sed et gossypīna optimae sortis, utī *sindōn*, valor tamen praesertim ex tingendō aestimābātur, nempe sī fuerit bis tīnctus, aut purpureus, coccineus, flammeus, croceus, clāvātus, aut aurō, vel argentō intextus.

7. *subsūtam*, hoc est, ut eī pannō, vel byssō, alia tēla subter, ab interiōrī, subsuātur, ut tegmen sit duplex, gravius, proinde calidius. Rōmae id nōn vidētur ūniversim in ūsū fuisse; nam secundum statum cīvium ac tempora annī, indūmenta erant adaptāta, utī sagum, palūdāmentum, laena, gausapa, paenula, secundum aestātem, hyemēn, sūdum, pluviam alia et alia gererentur; ipsa adeō toga laciniīs solēbat tegī contrā frīgus ac pluviam; spissiōra autem indūmenta ūnō verbō *pinguia* appellābantur.

8. *compīlō, -āre, -āvī, -ātus*, est spoliāre, dēspoliāre, exspoliāre, utī latrōnēs, perfractāriī, praedōnēs, pīrātae facere solent.

9. *inedia, -ae*, famēs.

10. *Māla Aurantium*, Linnaeō *Citra Aurantium*. Vērum sī fatear, hunc terminum technicum nōn intelligō. Ego, ex meā parte, haec *māla aurantia* vocō, quod *aurāre, aurāns*, sunt vocābula Latīna, proinde etiam *aurantēs, -tia;* sed cūr Genitīvus Plūrālis, et quid maiusculum A velit, ignōrō. Nūllum enim locum, nūllam gentem eius nōminis sciō, quōrum ea propria sint. Rōmānīs, teste Plīniō, māla haec ut Mēdica erant nōta, quoniam ex Mēdiā orīginem dūxērunt. Ūnum ergō superest quod coniicī liceat, nempe imitātiō per assonantiam verbō Arabicō *narandsh* (sonus sībilus grātuītus) ex Persicō, *narang;* ab Ārabibus autem eōdem ferē sonō sībilō Francīs *oranzsh*, Anglīs, dēnique *orandzsh*, cui quidem Aurant*ium*, sī Germānicō mōre efferātur ut Auran*tz*ium, Latīnum Aurantium, aequē atque "aurantia," assonāret. Et hoc crēdibile est, quoniam et prīncipātus *Aurānia*, eiusque incolae, vulgō *Orandzsh* appellantur, quamvīs nūllum sonī sībilī ibi sit vestīgium. Ego tamen rēctius cēnseō *mālum aurāns*, propter aureum colōrem, atque aliquem sēnsum, quam nūllum sēnsum.

11. *sūdum*, id est aprīcum, quum sōl splendet.

12. *hippūrus, -ī,* piscēs, quī vocantur *aureī.*
13. *pedeplānum, -ī,* ea pars domūs, quae cum terrā in eōdem plānō est.
14. *ēlinguis, -is,* quī linguam nōn habet, cui lingua excidit.
15. *per quiētem,* id est, in somniō.

150

FONTES

Palaestra Avellānī:
Avellanus, Arcadius. *Nova Sermonis Latini Palæstra: hoc est Ratio prorsus Nova Linguam Latinam Vivæ Vocis Adminiculo, sive in Ludis sive extra Eosdem, Facile Iucundeque Docendi et Discendi* (New York: Lemke & Buechner, 2nd Edition, 1896).

Goodwin B. Beach dē vītā Avellānī scrīpsit:
Beach, Goodwin B. "Arcadius Avellanus: Erasmus Redivivus." The Classical Journal 42, no. 8 (1947): 505–10. http://www.jstor.org/stable/3291825.

Patrick M. Owens dē vītā tōtā ratiōnibusque Avellānī ōrāvit:
Owens, Patrick M. 2014. "Arcadius Avellanus: Neo-Latin works of the Early 20th Century." Transcript of speech delivered at American Philological Association, AANLS panel. January 5, 2014. https://linguae.weebly.com/arcadius-avellanus.html

Avellānus cum Cicerōniānīs et Espērantistitibus verbīs
contendit:

Avellanus, Arcadius, and Dana, Charles L. "A World Language." New
York Times, July 4th, 1908.

Murphy, Myles. "Esperanto and Latin." New York Times, July 11th,
1908.

Rathbun, Frank H. "Simplified Spellers and Esperantists." New York
Times, July 11th, 1908.

P., W. J. "The Problem of Grammar in Esperanto and the Plea of Mr.
Avellanus to Make Latin a World Language." New York Times, July
18th, 1908.

W., G. W. "An Indigestible Language." New York Times, July 25th,
1908.

Avellanus, Arcadius. "Arcadius Avellanus Elaborates his Reasons for
Considering Latin Eminently Fitted to be Used As a Universal
Language." New York Times, August 1st, 1908.